العاشق والمعشوق

الجزء الثاني عشر

من قصص ألف ليلة وليلة

جمع وتحرير: رأفت علام

مكتبة المشرق الإلكترونية

صدر في فبراير ٢٠١٩ عن مكتبة المشرق الإلكترونية – مصر

تحديث أغسطس ٢٠٢٣

Table of Contents الفهرس

الباب الأول

يُحكى أنه كان في سالف الزمان مدينة وراء جبال أصفهان يُقال لها المدينة الخضراء، وكان بها ملك يُقال له الملك سليمان، وكان ذا جود، وإحسان، وعدل، وأمان، وفضل، وامتنان.. وسارت إليه الركبان من كل مكان، وشاع ذكره في سائر الأقطار والبلدان، وأقام في المملكة مدة مديدة من الزمان وهو في عز وأمان؛ إلا أنه كان خاليًا من الأولاد والزوجات، وكان له وزير يُقاربه في الصفات من الجود والهبات؛ فاتفق أنه أرسل إلى وزيره يومًا من الأيام وأحضره بين يديه، وقال له:

- يا وزير، إنه ضاق صدري، وعيل صبري، وضعف مني الجلد؛ لكوني بلا زوجة، ولا ولد، وما هذا سبيل الملوك الحكام على كل أمير وصعلوك؛ فإنهم يفرحون بخلفة الأولاد، وتتضاعف لهم بهم العدد والأعداد، وقد قال النبي (صلى الله عليه وسلم): "تناكحوا وتناسلوا فإني مُباهٍ بكم الأمم يوم القيامة"، فما عندك من الرأي يا وزير فأشر عليَّ بما فيه النصح من التدبير.

فلمَّا سمع الوزير هذا الكلام فاضت الدموع من عينيه بالانسجام، وقال:

- هيهات يا ملك الزمان أن أتكلم فيما هو خصائص الرحمن، أتريد أن أدخل النار بسخط الملك الجبار؟

فقال له الملك:

- اعلم أيها الوزير أن الملك إذا اشترى جارية لا يعلم حسبها ولا يعرف نسبها فهو لا يدري خساسة أصلها حتى يجتنبها، ولا شرف عنصرها حتى يتسرى بها، أفضى إليها ربما حملت منه فيجيء الولد منافقًا ظالمًا سفاكًا للدماء، ويكون مثلها مثل الأرض السخية إذا زرع فإنه يخبث نباته ولا يحسن نباته، وقد يكون ذلك الولد متعرضًا لسخط مولاه، ولا يفعل ما أمره به، ولا يجتنب ما عنه نهاه؛ فأنا لا أسبب في هذا بشراء جارية أبدًا، وإنما مُرادي أن تخطب لي بنتًا من بنات الملوك يكون نسبها معروفًا وجمالها موصوفًا؛ فإن دلتني على ذات النسب والدين من بنات ملوك المسلمين فإني أخطبها، وأتزوج بها على رءوس الأشهاد؛ ليحصل لي بذلك رضا رب العباد.

فقال له الوزير:

- إن الله تعالى قضى حاجتك وبلغك أمنيتك.

فقال له:

- وكيف ذلك؟
فقال له:
- اعلم أيها الملك أنه بلغني أن الملك زهر شاه صاحب الأرض البيضاء له بنت فائقة الجمال، ويعجز عن وصفها القيل والقال، ولم يوجد لها في هذا الزمان مثيل؛ لأنها في غاية الكمال، قويمة الاعتدال، ذات طرف كحيل، وشعر طويل، وخصر نحيل، وردف ثقيل إن أقبلت فتنت، وإن أدبرت قتلت، تأخذ القلب والناظر إليها؛ كما قال الشاعر:

هيفاء يخجل غصن البان قامتها لم يحك طلعتها شمس ولا قمر
كأنما ريقها شهد وقد مزجت به المُدام ولكن ثغرها دُرر
ممشوقة القد من حور الجنان لها وجه جميل وفي ألحاظها حور
وكم لها من قتيل مات كيد من كمد وفي طريق هواها الخوف والخطر
إن عشت فهي المُنى ما شئت أذكرها أو مت من دونها لم يجدني العمر

فلمَّا فرغ الوزير من وصفها قال للملك سليمان:
- الرأي عندي أيها الملك؛ أن ترسل إلى أبيها رسولًا فَطِنًا، خبيرًا بالأمور، مجربًا لتصاريف الدهور؛ ليتلطف في خطبتها لك من أبيها؛ فإنها لا نظير لها في قاصي الأرض ودانيها، وتحظى منها بالوجه الجميل، ويرضى عليك الرب الجليل؛ فقد ورد عن النبي (صلى الله عليه وسلم) أنه قال: "لا رهبانية في الإسلام."
وعند ذلك توجه إلى الملك كمال الفرح، واتسع صدره وانشرح، وزال عنه الهم والغم، ثم أقبل على الوزير وقال:
- اعلم أيها الوزير أنه لا يتوجه لهذا الأمر إلا أنت؛ لكمال عقلك وأدبك؛ فقم إلى منزلك، واقضِ أشغالك، وتجهَّز في غَدٍ، واخطب لي هذه البنت التي أشغلتَ بها خاطري، ولا تعد لي إلا بها.
فقال:
- سمعًا وطاعةً.
ثم توجه الوزير إلى بيته، واستدعى بالهدايا التي تصلح للملوك من ثمين الجوهر ونفيس الذخائر، وغير ذلك مما خف حمله وغلا ثمنه، ومن الخيل العربية، والدروع الداودية، وصناديق المال التي يعجز عن وصفها المقال، ثم حملوها على البِغال والجِمال، وتوجه الوزير ومعه مئة مملوك، ومئة جارية، وانتشرت على رأسه الرايات والأعلام، وأوصاه الملك بأن يأتي إليه في مدة قليلة من الأيام.. وبعد توجهه، صار الملك سليمان على مقالي النار، مشغولًا بحبها في الليل والنهار، وأخذ الوزير ليلَ نهارَ يَطوي البراري

والقِفار، حتى بقي بينه وبين المدينة التي هو متوجه إليها يوم واحد، ثم نزل شاطئ نهر، وأحضر أحد خواصه، وأمره بأن يتوجه إلى الملك زهر شاه بسُرعة ويُخبره بقدومه عليه، فقال:

- سمعًا وطاعةً..

ثم توجه بسرعة إلى تلك المدينة، فلمَّا قدم عليها وافق قدومه أن الملك زهر شاه كان جالسًا في بعض المنتزهات قُدام باب المدينة؛ فرآه وهو داخل، وعرف أنه غريب؛ فأمر بإحضاره بين يديه، فلمَّا حضر الرسول وأخبره بقدوم وزير الملك الأعظم سليمان صاحب الأرض الخضراء وجبال أصفهان؛ فرح، ورحب بالرسول، وأخذه وتوجه به إلى قصره، وقال:

- أين فارقت الوزير؟

فقال:

- فارقته على شاطئ النهر الفُلاني، وفي غدٍ يكون واصلًا إليك، وقادمًا عليك أدام الله تعالى نعمته عليك، ورحم والديك.

فأمر زهر شاه أحد وزرائه بأن يأخذ معظم خواصه، وحُجابه، ونوابه، وأرباب دولته، ويخرج بهم إلى مُقابلته؛ تعظيمًا للملك سليمان؛ لأن حُكمه نافذ في الأرض، وهذا ما كان من أمر الملك زهر شاه.. أمَّا ما كان من أمر الوزير؛ فإنه استقر في مكان إلى نصف الليل، ثم رحل متوجهًا إلى المدينة؛ فلمَّا لاح الصباح، وأشرقت الشمس على الروابي والبطاح، لم يشعر إلا ووزير الملك زهر شاه وحُجابه وأرباب دولته وخواص مملكته قد قدِموا عليه، واجتمعوا به على فراسخ من المدينة؛ فأيقن الوزير بقضاء حاجته، وسلم على الذين قابلوه، ولم يزالوا سائرين قُدامه حتى وصلوا إلى قصر الملك، ودخلوا بين يديه من باب القصر إلى سابع دهليز، وهو المكان الذي لا يدخله الراكب لأنه قريب من الملك؛ فترجل الوزير، وسعى على قدميه حتى وصل إلى إيوان عالٍ، وفي صدر ذلك الإيوان سرير من المَرمر مُرصَّع بالدُّر والجواهر، وله أربع قوائم من أنياب الفيل، وعلى هذا السرير مرتبة من الأطلس الأخضر، مُطرزة بالذهب الأحمر، ومن فوقها سرادق بالدر والجواهر، والملك زهر شاه جالس على هذا السرير وأرباب دولته واقفون في خدمته، فلمَّا دخل الوزير عليه، وصار بين يديه، ثبت جنانه، وأطلق لسانه، وأبدى فصاحة الوزراء، وتكلم بكلام البُلغاء؛ فقربه الملك زهر شاه، وأكرمه غاية الإكرام، وأجلسه بجانبه، وتبسَّم في وجهه، وشرفه بلطيف الكلام، ولم يزالا على ذلك إلى وقت الصباح، ثم قدموا السماط في ذلك الإيوان فأكلوا جميعًا حتى اكتفوا، ثم رفع السماط، وخرج كل مَن في

المجلس ولم يبق إلا الخواص؛ فلمَّا رأى الوزير خلو المكان هبَّ واقفًا على قدميه، وأثنى على الملك، وقبَّل الأرض بين يديه، ثم قال:

ـ أيها الملك الكبير والسيد الخطير، إني سعيت إليك وقدمت عليك في أمر لك فيه الصلاح، والخير، والفلاح، وهو أني قد أتيتك رسولًا خاطبًا، وفي بنتك الحسيبة النسيبة راغبًا من عند الملك سليمان ذي العدل، والأمان، والفضل، والإحسان، ملك الأرض الخضراء وجبال أصفهان، وقد أرسل إليك الهدايا الكثيرة، والتحف الغزيرة، وهو في مُصاهرتك راغب؛ فهل أنت له كذلك طالب؟

ثم سكت ينتظر الجواب.

الباب الثاني

فلمَّا سمع الملك زهر شاه هذا الكلام هبَّ واقفًا على قدميه، ولثم الأرض باحتشام؛ فتعجب الحاضرون من خضوع الملك للرسول، واندهشت منهما العقول، ثم إن الملك أثنى على ذي الجلال والإكرام، وقال وهو في حالة القيام:

- أيها الوزير المعظم والسيد المِكرام، اسمع ما أقول؛ إننا للملك سليمان من جملة رعاياه، ونتشرف بنسبه، ونتنافس فيه، وابنتي جارية من جملة جواريه، وهذا أجل مُرادي ليكون ذخري واعتمادي.

ثم أحضر القُضاة، والشهود ليشهدوا أن الملك سليمان وكَّلَ وزيره في الزواج، وتولى الملك زهر شاه عقد ابنته بابتهاج، ثم أحكم القضاة عقد النكاح، ودعوا لهما بالفوز والنجاح، وعند ذلك قام الوزير، وأحضر ما جاء به من الهدايا، ونفائس التحف والعطايا، وقدمها كلها للملك زهر شاه، ثم أخذ الملك يجهز ابنته، ويُكرم الوزير، وعمَّ بولائمه العظيم والحقير، واستمر في إقامة الفرح مدة شهرين، ولم يترك فيه شيئًا مما يسر القلب والعين، ولمَّا تم ما تحتاج إليه العروس، أمر بإخراج الخيام؛ فضُربت بظاهر المدينة، وعبوا القُماش في الصناديق، وهيأوا الجواري الروميات، والوصائف التركيات، وأصحاب العروس بنفيس الذخائر وثمين الجواهر، ثم صنع مِحفَّة من الذهب الأحمر مُرصعة بالدر والجواهر، وأفرد لها عشرة بغال للمَسير، وصارت تلك المِحفَّة كأنها مقصورة من المقاصير، وصاحبتها كأنها حورية من الحور الحِسان، وخدرها كقصر من قصور الجنان، ثم حزموا الذخائر والأموال وحملوها على البِغال والجِمال، وتوجه الملك زهر شاه معهم قدر ثلاثة فراسخ، ثم ودع ابنته، وودع الوزير ومن معه، ورجع إلى الأوطان في فرح وأمان، وتوجه الوزير بابنة الملك، وسار ولم يزل يطوي المراحل والقِفار، ويجد المسير في الليلة والنهار، حتى بقي بينه وبين بلاده ثلاثة أيام، ثم أرسل إلى الملك سليمان مَن يُخبره بقدوم العروس؛ فأسرع الرسول بالسير حتى وصل إلى الملك، وأخبره بقدوم العروس؛ ففرح الملك سليمان، وخلع على الرسول، وأمر عساكره بأن يخرجوا في موكب عظيم لمُلاقاة العروس ومن معها بالتكريم، وأن يكونوا في أحسن البهجات، وأن ينشروا على رؤوسهم الرايات فامتثلوا أوامره، ونادى المُنادي أنه لا تبقى بنت مخدرة، ولا حرة موقرة، ولا عجوز مكسرة إلا وتخرج للقاء العروس؛

فخرجن جميعًا للقائها، وسعت كبراؤهن لخدمتها، واتفقن على أن يتوجهن بها في الليل إلى قصر الملك، واتفق أرباب الدولة على أن يزينوا الطريق، وأن يقفوا حتى تمر بهم العروس، والخدم قُدامها، والجواري بين يديها، وعليها الخِلْعَة التي أعطاها أبوها إياها.

فلمَّا أقبلت، أحاط بها العسكر ذات اليمين وذات الشمال، ولم تزل المِحفَّة سائرة بها إلى أن قربت من القصر، ولم يبق أحد إلا وقد خرج ليتفرج عليها، وصارت الطبول ضاربة، والرماح لاعبة، والبوقات صائحة، وروائح الطيب فائحة، والرايات خافقة، والخيل متسابقة حتى وصلوا إلى باب القصر، وتقدم الغِلمان بالمحفة؛ فأضاء المكان ببهجتها، وأشرقت جهاته بحلي زينتها، فلمَّا أقبل الليل فتح الخدم باب السرادق، ووقفوا وهم محيطون بالباب، ثم جاءت العروس وهي بين الجواري كالقمر بين النجوم أو الدرة الفريدة بين اللؤلؤ المنظوم، ثم دخلت المقصورة، وقد نصبوا لها سريرًا من المرمر المرصع بالدر والجواهر؛ فجلست عليه، ودخل عليها الملك، وأوقع الله تعالى محبتها في قلبه؛ فأزال بكارتها، وزال ما كان عنده من القلب والسهر، وأقام عندها نحو شهر فعلقت منه في أول ليلة.. وبعد تمام الشهر، خرج، وجلس على سرير مملكته، وعدل في رعيته، إلى أن وفت أشهرها، وفي آخر ليلة الشهر التاسع جاءها المَخاض عند السَّحَر؛ فجلست على كرسي الطلق وهون الله تعالى عليها الولادة فوضعت غلامًا ذكرًا تلوح عليه علامات السعادة؛ فلمَّا سمع الملك بالولد فرح فرحًا جليلًا، وأعطى المبشر مالًا جزيلًا، ومن فرحته توجه إلى الغلام وقبَّله بين عينيه، وتعجب من جماله الباهر، وتحقَّق فيه قول الشاعر:

الله حوّل منه آجام الفلا أسدًا وآفاق الرياسة كوكبَا
هشت لمطلعه الأسنة والأسرة والمحافل والجحافل والظبى
لا تركبوه على النهود فإنه ليرى ظهور الخيل أوطأ مركبَا
ولتفطموه عن الرضاع فإنه ليرى دم الأعداء أحلى مشربَا

ثم إن الدايات أخذن ذلك المولود، وقطعن سُرته، وكحلن مُقلته، ثم سموه تاج الملوك خاران، وارتضع ثدي الدلال، وتربَّى في حجر الإقبال، وما زالت الأيام تجري، والأعوام تمضي، حتى صار له من العمر سبع سنين، وعند ذلك أحضر الملك سليمان العُلماء، والحُكماء، وأمرهم بأن يُعلِّموا ولده الخط، والحكمة، والأدب؛ فمكثوا على ذلك مدة سنين حتى تعلم ما يحتاج إليه الأمر، فلمَّا عرف جميع ما طلبه منه الملك أحضره من عند الفقهاء والمُعلمين، وأحضر له أستاذًا يُعلمه الفروسية، فلم يزل يعلمه حتى صار له من العمر

أربع عشرة سنة، وكان إذا خرج لبعض أشغاله يفتتن به كل من رآه، حتى نظموا فيه الأشعار، وتهتكت في محبته الأحرار؛ لمَا حوَى من الجمال الباهر، كما قال فيه الشاعر:

عانقته فسكرت من طِيب الشذا غصنًا طيبًا بالنسيم قد اغتدى
سكران ما شرب المُدام وإنما أمسى بخمر رضابه متنبذا
أضحى الجمال بأسره في أسره فلأجل ذلك على القلوب استحوذا
والله ما خطر السلو بخاطري ما دمت في قيد الحياة ولا إذا
إن عشت عشت على هواه وإن مت وجدًا به وصبابة يا حبذا

فلما بلغ من العمر ثمانية عشر عامًا، وبلغ مبلغ الرجال، زاد به الجمال، ثم صار لتاج الملوك خاران أصحاب وأحباب، وكل مَن تقرب إليه يرجو أن يصير سلطانًا بعد موت أبيه، وأن يكون عنده أميرًا، ثم إنه تعلق بالصيد والقنص، وصار لم يفتر عنه ساعة واحدة، وكان والده سليمان ينهاه عن ذلك؛ مخافةً عليه من آفات البر والوحوش فلم يقبل منه ذلك؛ فاتفق أنه قال لخُدامه:

- خذوا معكم عليق عشرة أيام.

فامتثلوا ما أمرهم به، فلمَّا خرج بأتباعه للصيد والقنص قال لهم:

- انصبوا الحبائل هنا، وأوسعوا دائرة حلقتها، ويكون اجتماعنا عند رأس الحلقة في المكان الفُلاني.

فامتثلوا أمره ونصبوا الحبائل، وأوسعوا دائرة حلقتها؛ فاجتمع فيها شيء كثير من أصناف الوحوش والغزلان إلى أن ضجَّت منهم الوحوش، وتنافرت في وجوه الخيل؛ فأغرى عليها الكلاب والفهود والصقور، ثم ضربوا الوحوش بالنشاب فأصابوا مَقاتِلَها، وما وصلوا إلى آخر الحلقة إلا وقد أخذوا من الوحوش شيئًا كثيرًا وهرب الباقي، وبعد ذلك نزل تاج الملوك على الماء، وأحضر الصيد، وقسمه، وأفرد لأبيه سليمان خاص الوحوش، وأرسله إليه، وفرَّق بعضها على أرباب دولته.

الباب الثالث

فلمَّا أصبح الصباح أقبلت عليه قافلة كبيرة مشتملة على عبيد وغِلمان وتجار، فنزلت هذه القافلة على الماء والخضرة؛ فلمَّا رآهم تاج الملوك قال لأحد أصحابه:

- آتني بخبر هؤلاء، واسألهم: لأي شيء نزلوا في هذا المكان؟

فلمَّا توجه إليهم الرسول قال لهم:

- أخبرونا مَن أنتم؟

وأسرعوا في رد الجواب فقالوا له:

- نحن تجار ونزلنا لأجل الراحة؛ لأن البيت بعيد علينا، وقد نزلنا في هذا المكان؛ لأننا مطمئنون بالملك سليمان وولده، ونعلم أن كل من نزل في هذا المكان صار في أمان واطمئنان، ومعنا قُماش نفيس جئنا به من أجل ولده تاج الملوك.

فرجع الرسول إلى ابن الملك، وأعلمه بحقيقة الحال، وأخبره بما سمعه من التجار، فقال ابن الملك:

- إذا كان معهم شيء جاءوا به من أجلي، فما أدخل المدينة ولا أرحل من هذا المكان حتى أستعرضه.

ثم ركب جواده، وسار وسارت مماليكه خلفه، إلى أن أشرف على القافلة، فقام له التجار، ودعوا له بالنصر، والإقبال، ودوام العز، والأفضال، وقد ضُربت له خيمة من الأطلس الأحمر مُزركشة من الدر والجوهر، وفُرش له مقعدٌ سلطانيٌّ فوق بساط من الحرير، وصدره مزركش بالزمرد، فجلس تاج الملوك، ووقف المماليك في خدمته، وأرسل إلى التجار، وأمرهم بأن يحضروا بجميع ما معهم، فأقبل عليه التجار ببضائعهم، فاستعرض جميع بضائعه، وأخذ منها ما يصلح له، ووفى لهم بالثمن، ثم ركب، وأراد أن يسير فلاحت منه التفاتة إلى القافلة فرأى شابًّا جميلًا، نظيف الثياب، ظريف المعاني، بجبين أزهر، ووجه أقمر، إلا أن هذا الشاب قد تغيرت محاسنه، وعلاه الاصفرار من فُرقة الأحباب، وزاد به الانتحاب، وسالت من جبينه العبر، وهو ينشد هذه الأبيات:

طال الفراق ودام الهم والوجل والدمع في مُقلتي يا صاح منهمل

والقلب ودعته يوم الفراق وقد بقيت فردًا فلا قلب ولا أمل

يا صاحبي قف معي حتى أودع مَن مِن نطقها تشفى الأمراض والعلل

بعدما فرغ الشاب من الشعر بكى ساعة، وغُشي عليه، فلمَّا رآه تاج الملوك على هذه الحالة، تمشى إليه، فلما أفاق من غشيته نظر ابن الملك واقفًا على رأسه، فهبَّ على قدميه، وقبَّل الأرض بين يديه، فقال له تاج الملوك:

- لأي شيء لم تعرض بضاعتك علينا؟

فقال:

- يا مولاي، إن بضاعتي ليس فيها شيء يصلح لسعادتك.

فقال:

- لا بد أن تعرض عليَّ ما معك، وتُخبرني بحالك؛ فإني أراكَ باكي العين، حزين القلب، فإن كنت مظلومًا أزلنا ظلامتك، وإن كنت مَدينًا قضينا ديْنَك، فإن قلبي قد احترق من أجلك حين رأيتك.
ثم أمر تاج الملوك بنصب كرسيٍّ فنصبوا له كُرسيًّا من العاج والأبنوس مشبكًا بالذهب والحرير، وبسطوا له بساطًا من الحرير، فجلس تاج الملوك على الكرسي، وأمر الشاب بأن يجلس على البساط، وقال له:
- اعرض عليَّ بضاعتك.
فقال له الشاب:
- يا مولاي، لا تذكر لي ذلك؛ فإن بضاعتي ليست مناسبة لك.
فقال له تاج الملوك:
- لا بد من ذلك.
ثم أمر بعض غِلمانه بإحضارها فأحضروها قهرًا عنه، فلما رآها الشاب جرت دموعه، وبكى، واشتكى، وصعد الزفرات، وأنشد هذه الأبيات:

بما بجفنيك من غنج ومن كحل وما بقدك من لين ومن ميل
وما بثغرك من خمر ومن شهد وما بعطفك من لطف ومن ملل
عندي زيارة طيف منك يا أملي أحلى من الأمن عند الخائف الوجل

ثم فتح الشاب بضاعته، وعرضها على تاج الملوك قطعة قطعة، وتفصيلة تفصيلة، وأخرج من جملتها ثوبًا من الأطلس منسوجًا بالذهب يساوي ألف دينار، فلمَّا فتح الثوب وقع من وسطه خرقة، فأخذها الشاب بسرعة، ووضعها تحت وركه، فقال له تاج الملوك:
- ما هذه الخرقة؟
فقال:
- يا مولاي، ليس لك بهذه الخرقة حاجة.
فقال له ابن الملك:
- أرني إياها.
قال له:
- امتنعت من عرض بضاعتي عليك إلا لأجلها، فإني لا أقدر على أنك تنظر إليها.
فقال له تاج الملوك:
- لا بد أن أنظر إليها.
وألح عليه، واغتاظ، فأخرجها من تحت ركبتيه، وبكى، فقال له تاج الملوك:
- أرى أحوالك غير مستقيمة، فأخبرني ما سبب بكائك عند نظرك إلى هذه الخرقة.
فلمَّا سمع الشاب ذكر الخرقة تنهد، وقال:
- يا مولاي، إن حديثي عجيب، وأمري غريب مع هذه الخرقة، وصاحبتها، وصاحبة هذه الصور والتماثيل.

ثم نشر الخرقة، وإذا بها غزال مرقومة بالحرير، مزركشة بالذهب الأحمر، وقبالها صورة غزال آخر وهي مرقومة بالفضة، وفي رقبتها طوق من الذهب، وثلاث قصبات من الزبرجد، فلمَّا نظر تاج الملوك إليه، وإلى حُسن صنعته قال:

ـ سبحان الله الذي علم الإنسان ما لم يعلم!

وتعلق قلب تاج الملوك بحديث هذا الشاب، فقال له:

ـ احكِ لي قصتك مع صاحبة هذا الغزال.

الباب الرابع

فقال الشاب:
- اعلم يا مولاي أن أبي كان من كبار التجار، ولم يُرزق بولدٍ غيري، وكان لي بنت عم تربيت معها في بيت أبي؛ لأن أباها مات، وكان قبل موته قد تعاهد هو وأبي على أن يزوجاني بها، فلمَّا بلغت مبلغ الرجال، وبلغت هي مبلغ النساء، لم يحجبوها عني، ولم يحجبوني عنها، ثم تحدث والدي مع أمي وقال لها:
- في هذه السنة نكتب كتاب عزيز على عزيزة.
واتفق مع أمي على هذا الأمر، ثم شرع أبي في تجهيز مؤن الولائم، هذا كله وأنا وبنت عمي ننام مع بعضنا في فراش واحد، ولم ندرِ كيف الحال، وكانت هي أشعر مني، وأعرف، وأدرَى؛ فلمَّا جهز أبي أدوات الفرح، ولم يبق غير كتب الكتاب، والدخول على بنت عمي أراد أبي أن يكتب الكتاب بعد صلاة الجمعة، ثم توجه إلى أصحابه من التجار وغيرهم، وأعلمهم بذلك، ومضت أمي عزمت صاحباتها، ودَعَت أقرباءها.
فلمَّا جاء يوم الجمعة غسلوا القاعة المُعدة للجلوس، وغسلوا رخامها، وفرشوا في دارنا البسط، ووضعوا فيها ما يحتاج إليه الأمر بعد أن زينوا حيطانها بالقُماش المقصب، واتفق الناس أن يجيئوا لبيتنا بعد صلاة الجمعة، ثم مضى أبي، وعمل الحلويات وأطباق السكر، وما بقي غير كتب الكتاب، وقد أرسلتني أمي إلى الحمَّام، وأرسلت خلفي بدلة جديدة من أفخر الثياب، فلمَّا خرجت من الحمَّام لبست تلك البدلة الفاخرة، وكانت مطيبة، فلما لبستها فاحت منها رائحة زكية عبقت في الطريق، ثم أردت أن أذهب إلى الجامع فتذكرت صاحبًا لي، فرجعت أفتش عنه ليحضر كتب الكتاب، وقلت في نفسي:
- أشتغل بهذا الأمر إلى أن يقرب وقت الصلاة.
ثم إني دخلت زقاقًا ما دخلته قطُّ، وكنت أتصبب عرقًا من أثر الحمام، والقُماش الجديد الذي على جسدي، فساح عرقي، وفاحت روائحي، فقعدت في رأس الزقاق لأرتاح على مصطبة، وفرشت تحتي مِنديلًا مطرزًا كان معي، فاشتد الحر، فعرق جبيني، وأخذ العرق ينحدر على وجهي، ولم يمكني مسح العرق عن وجهي بالمنديل لأنه مفروش تحتي؛ فأردت أن آخذ ذيل فَرَجيتي وأمسح وجنتي، فما أدري إلا ومنديل أبيض وقع عليَّ من

فوق، وكان ذلك المنديل أرق من النسيم، ورؤيته ألطف من شفاء السقيم، فمسكته بيدي، ورفعت رأسي إلى فوق لأنظر من أين سقط، فوقعت عيناي في عين صاحبة هذا الغزال، وإذا بها مُطلة من طاقة من شُباك نحاس لم تر عيناي أجمل منها، ويعجز عن وصفها لساني، فلما رأتني نظرت إليها وضعت إصبعها في فمها، ثم أخذت إصبعها الوسطى وألصقته بإصبعها الشاهد، ووضعتهما على صدرها بين نهديها، ثم أدخلت رأسها من الطاقة، وسدت بابها، وانصرفت، فانطلقت في قلبي النار، وزاد بي الاستعار، وأعقبتني النظرة ألف حسرة، وتحيرت؛ لأنني لم أسمع ما قالت، ولم أفهم ما به، أشارت فنظرت إلى الطاقة ثانيًا فوجدتها مطبوقة، فصبرت إلى مغيب الشمس فلم أسمع حسًّا، ولم أر شخصًا، فلمَّا يئستُ من رؤيتها قمت من مكاني وأخذت المنديل معي، ثم فتحته ففاحت منه رائحة المسك، حصل لي من تلك الرائحة طرب عظيم حتى صرت كأنني في الجنة، ثم نشرته بين يدي، فسقطت منه ورقة لطيفة، ففتحت الورقة فرأيتها مضمخة بالروائح الزكيات، ومكتوبًا عليها هذه الأبيات:

بعثت له أشكو من ألم الجوى بخط رقيق والخطوط فنون

فقال خليلي ما لخطك هكذا رقيقًا دقيقًا لا يكاد يبين

فقلت لأني في نحول ودقة كذا خطوط العاشقين تكون

ثم بعد أن قرأت الأبيات أطلقت في بهجة المنديل نظر العين؛ فرأيت في إحدى حاشياته تسطير هذين البيتين:

كتب العذار ويا له من كاتب سطرين في خديه بالريحان

وأخيرة القمرين منه إذا بدا وإذا انثنى وأخجله الأغصان

وسطر الحاشية الأخرى هذين البيتين:

كتب العذار بعنبر في لؤلؤ سطرين من سبج على تفاح

القتل في الحدق المراضي إذا رنت والسكر في الوجنات لا في الراح

فلما رأيت ما على المنديل من أشعار انطلق في فؤادي لهيب النار، وزادت بي الأشواق، والفِكَر، وأخذت المنديل والورقة، وأتيت بهما إلى البيت، وأنا لا أدري لي حيلة في الوصال، ولا أستطيع في العشق وتفصيل الأجمال، فما وصلت إلى البيت إلا بعد مدة من الليل، فرأيت بنت عمي جالسةً تبكي، فلما رأتني مسحت دموعها، وأقبلت عليَّ، وقلعتني ثيابي وسألتني عن سبب غيابي، وأخبرتني بأن جميع الناس من أمراء وكبراء وتجار وغيرهم قد اجتمعوا في بيتنا، وحضر القاضي والشهود، وأكلوا

الطعام، واستمروا مدة جالسين ينتظرون حضورك من أجل كتب الكتاب، فلمَّا يئسوا من حضورك تفرقوا وذهبوا إلى حال سبيلهم، وقالت لي:

- إن أباك اغتاظ بسبب ذلك غيظًا شديدًا، وحلف أنه لا يكتب كتابنا إلا في السنة القابلة؛ لأنه غرم في هذا الفرح مالًا كثيرًا.

ثم قالت لي:

- ما الذي جرى لك في هذا اليوم حتى تأخرت إلى هذا الوقت وحصل ما حصل بسبب غيابك؟

فقلت لها:

- جرى لي كذا وكذا.

وذكرت لها المنديل، وأخبرتها بالخبر من أوله إلى آخره، فأخذت الورقة والمنديل، وقرأت ما فيهما، وجرت دموعها على خديها، وأنشدت هذه الأبيات:

من قال أول الهوى اختيار فقل كذبت كله اضطرار
وليس بعد الاضطرار عار دلت على صحته الأخبار
ما زيفت على صحيح النقد فإن تشأ فقل عذاب يعذب
أو ضربان في الحشى أو ضرب نعمة أو نقمة أو أرب
تأتنس النفس له أو تعطب قد حرت بين عكسه والطرد
ومع ذا أيامه مواسم وثغرها على الدوام باسم
ونفحات طيبها نواسم وهو لكل ما يشين حاسم

ثم قالت لي:

- فما قالت لك؟ وما أشارت به إليك؟

فقلت لها:

- ما نطقت بشيء، غير أنها وضعت إصبعها في فمها ثم قرنتها بالإصبع الوسطى وجعلت الإصبعين على صدرها، وأشارت إلى الأرض، ثم أدخلت رأسها وأغلقت الطاقة، ولم أرها بعد ذلك، فأخذت قلبي معها، فقعدت إلى غياب الشمس علها تطل من الطاقة ثانيًا فلم تفعل، فلمَّا يئست منها قمت من ذلك المكان، وهذه قصتي، وأشتهي منك أن تعينيني على ما بليت.

فرفعت رأسها إليَّ وقالت:

- يا ابن عمي، لو طلبت عيني لأخرجتها لك، ولا بد أن أساعدك على حاجتك، وأساعدها على حاجتها؛ فإنها مُغرمة بك كما أنك مغرم بها.

فقلت لها:

- وما تفسير ما أشارت به؟
قالت:
- أما موضع إصبعها في فمها فإنه إشارة إلى أنك عندها بمنزلة روحها من جسدها، وإنما تعض على وصالك بالنواجذ، وأما المنديل فإنه إشارة إلى سلام المُحبين على المحبوبين، وأما الورقة فإنها إشارة إلى أن روحها متعلقة بك، وأما موضع إصبعيها على صدرها بين نهديها فتفسيره أنها تقول لك: بعد يومين تعالَ هنا ليزول عني بطلعتك العناء. اعلم يا ابن عمي أنها لك عاشقة، وبك واثقة، وهذا ما عندي من التفسير لإشارتها، ولو كنت أدخل وأخرج لجمعت بينك وبينها في أسرع وقت، وأستركما بذيلي.
قال الغلام:
- فلما سمعت ذلك منها شكرتها على قولها، وقلت في نفسي: أنا أصبر يومين، ثم قعدت في البيت يومين، لا أدخل ولا أخرج، ولا آكل ولا أشرب، ووضعت رأسي في حجر ابنة عمي، وهي تسلني وتقول:
- قوِّ عزمك وهمتك، طيب قلبك وخاطرك.
وقال الشاب لتاج الملوك:
- فلمَّا انقضى اليومان قالت لي ابنة عمي:
- طِب نفسًا، وقر عينًا، والبس ثيابك، وتوجه إليها على الميعاد.
ثم إنها قامت وغيرت أثوابي، وبخرتني .. ثم شددتُ حيلي، وقويت قلبي، وخرجت وتمشيت إلى أن دخلت الزقاق، وجلست على المصطبة قناعة؛ فإذا بالطاقة قد انفتحت فنظرت بعيني إليها فلما رأيتها وقعت مغشيًّا عليَّ، ثم أفقت، فشددت عزمي، وقويت قلبي، ونظرت إليها ثانيًا فغبت عن الوجود، ثم استفقت فرأيت معها مِرآة ومنديلًا أحمر، رأتني فشمرت عن ساعديها، وفتحت أصابعها الخمس، ودقت بها على صدرها بالكف والأصابع الخمس، ثم رفعت يديها، وأبرزت الماء من الطاقة، وأخذت المنديل الأحمر، ودخلت به، وعادت وأدلته من الطاقة إلى صوب الزقاق ثلاث مرات، وهي تدليه وترفعه، ثم عصرته، ولفته بيدها، وطأطأت رأسها، ثم جذبته من الطاقة، وأغلقت الطاقة وانصرفت، ولم تكلمني كلمة واحدة بل تركتني حائرًا لا أعلم ما أشارت به، وظللتُ جالسًا إلى وقت العشاء، ثم جئت إلى البيت قرب نصف الليل، فوجدت ابنة عمي واضعة يدها على خدها، وأجفانها تسكب العبرات، وهي تنشد هذه الأبيات:

ما لي وللاحي عليك يعنف كيف السلو وأنت غصن أهيف
يا طلعة سلبت فؤادي وانثنت ما للهوى العذري عنها مصرف

تركية الألحاظ تفعل بالحشا ما ليس يفعله الصقيل المرهف
حملتني ثقل الغرام وليس لي جلد على حمل القميص وأضعف
ولقد بكيت دمًا لقول عوازلي من جفن من تهوى بروعك مرهف
يا ليت قلبي مثل قلبك إنما جسمي كخصرك بالنحافة ملتف
لك يا أميري في الملاحة ناظر صعب علي وحاجب لا ينصف
كذب الذي قال الملاحة كلها في يوسف كم في جمالك يوسف
أتكلف الإعراض عنك مخافة من أعين الرقباء كم أتكلف

فلمَّا سمعت شِعرها زاد ما بي من الهموم، وتكاثرت عليَّ الغموم، ووقعت في زوايا البيت، فنهضت إليَّ وحملتني، وقلعتني أثوابي ومسحت وجهي بكُمها، ثم سألتني عمَّا جرى لي، فحكيت لها كل ما حصل منها، فقالت:

- يا ابن عمي، أمَّا إشارتها بالكف والأصابع الخمسة فإن تفسيره: تعالَ بعد خمسة أيام.. وأمَّا إشارتها بالمِرآة وإبراز رأسها من الطاقة فإن تفسيره: اقعد على دكان الصباغ حتى يأتيك رسولي.

فلمَّا سمعتُ كلامها اشتعلت النار في قلبي، وقلت:

- بالله يا بنت عمي إنك تصدقينني في هذا التفسير؛ لأنني رأيت في الزقاق صبَّاغًا يهوديًّا.

ثم بكيت، فقالت لي ابنة عمي:

- قوِ عزمك، وثبت قلبك؛ فإن غيرك يشتغل بالعشق مدة سنين، ويتجلد على حر الغرام، وأنت لك جمعة؛ فكيف يحصل لك هذا الجَزَع.

ثم أخذت بالكلام، وأتت لي بالطعام، فأخذت لقمة، وأردت أن آكلها فما قدرت، فامتنعت عن الشراب والطعام، وهجرت لذيذ المنام، واصفر لوني، وتغيرت محاسني؛ لأنني ما عشقت قبل ذلك، ولا ذُقت حرارة العشق إلا في هذه المرة، فضعفت بنت عمي من أجلي، وصارت تذكر لي أحوال العشاق والمحبين على سبيل التسلي في كل ليلة إلى أن أنام، وكنت أستيقظ فأجدها سهرانة من أجلي، ودمعها يجري على خدها، ولم أزل كذلك إلى أن مضت الأيام الخمسة، فقامت ابنة عمي وسخنت لي ماء، وحممتني، وألبستني ثيابي، وقالت لي:

- توجه إليها قضى الله حاجتك، وبلغك مقصودك من محبوبتك.

فمضيتُ ولم أزل ماشيًا إلى أن أتيت إلى رأس الزقاق، وكان ذلك يوم السبت، فرأيت دكان الصباغ موصدًا، فجلست عليه حتى أذن العصر، واصفرت الشمس، وأذن المغرب، ودخل الليل، وأنا لا أدري لها أثرًا، ولم أسمع حسًّا ولا خبرًا؛ فخشيت على نفسي وأنا جالس وحدي؛ فقمت

وتمشيت، وأنا كالسكران إلى أن دخلت البيت، فلما دخلت رأيت ابنة عمي عزيزة، وإحدى يديها قابضة على وتد مدقوق في الحائط ويدها الأخرى على صدرها، وهي تصعد الزفرات، وتنشد هذه الأبيات:

وما وجد أعرابية بان أهلها فحنت إلى بان الحجارة ورنده
إذا آنست ركبًا تكفل شوقها بنار قراه والدموع بورده
بأعظم من وجدي بحبي وإنما يرى أنني أذنبت ذنبًا بوده

فلمَّا فرغت من شِعرها التفتت إليَّ فرأتني أبكي فمسحت دموعها ودموعي بكُمها، وتبسمت في وجهي، وقالت لي:

- يا ابن عمي، هنَّاك الله بما أعطاك؛ فلأي شيء لم تبت الليلة عند محبوبتك؟ ولم تقض منها إربك.

فلما سمعتُ كلامها رفستها برجلي في صدرها فانقلبت على الإيوان، فجاءت جبهتها على طرف الإيوان، وكان هناك وتد فجاء في جبهتها فتأملتها قد انفتح، وسال دمها فسكتت، ولم تنطق بحرف واحد، ثم قامت في الحال وأحرقت حرقًا، وحشت به ذلك الجرح، وتعصبت بعصابة، ومسحت الدم الذي سال على البساط، وكأن ذلك شيء ما كان، ثم أتتني وتبسمت في وجهي، وقالت لي بلين الكلام:

- واللهِ يا ابن عمي ما قلت هذا الكلام استهزاء بك ولا بها، وقد كنت مشغولة بوجع رأسي ومسح الدم في هذه الساعة، قد خف رأسي وخفت جبهتي، فأخبرني بما كان من أمرك.

فحكيت لها كل ما وقع لي منها في ذلك اليوم، وبعد كلامي بكيت، فقالت:

- يا ابن عمي، أبشر بنجاح قصدك، وبلوغ أملك، إن هذه علامة القبول، وذلك أنها غابت لأنها تريد أن تخبرك وتعرف هل أنت صابر أم لا؟ وهل أنت صادق في محبتها أم لا؟ وفي غدٍ توجه إليها في مكانك الأول، وانظر ماذا تشير به إليك، فقد قربت أفراحك، وزالت أتراحك.

وصارت تسليني على ما بي، وأنا لم أزل متزايد الهموم والغموم، ثم قدمت لي الطعام فرفسته فانكبت كل زبدية في ناحية، وقلت:

- كل من كان عاشقًا فهو مجنون لا يميل إلى الطعام، ولا يلتذ بمنام.

فقالت لي ابنة عمي عزيزة:

- واللهِ يا ابن عمي إن هذه علامة المحبة.

وسالت دموعها، ولمت شقافة الزبادي، ومسحت الطعام، وجلست تسايرني، وأنا أدعو الله تعالى أن يصبح الصباح.

الباب الخامس

فلمَّا أصبح الصباح، وأضاء بنوره ولاح، توجهتُ إليها، ودخلت ذلك الزقاق بسرعة، وجلست على تلك المصطبة؛ فإذا بالطاقة انفتحت وأبرزت رأسها منها وهي تضحك، ثم رجعت وهي معها مرآة، وكيس، وقصرية ممتلئة زرعًا أخضر، وفي يدها قنديل، فأول ما فعلت أخذت المرآة في يدها وأدخلتها في الكيس، ثم ربطته، ورمته في البيت، ثم أرخت شعرها على وجهها، ثم وضعت القنديل على رأس الزرع لحظة، ثم أخذت كل ذلك وانصرفت به، وأغلقت الطاقة، فانفطر قلبي من هذا الحال، ومن إشاراتها الخفية، ورموزها المخفية، وهي لم تكلمني بكلمة قطُّ؛ فاشتد ذلك غرامي، وزاد وجدي وهيامي، ثم إني رجعت على عقبي، وأنا باكي العين حزين القلب، حتى دخلت البيت فرأيت بنت عمي قاعدة ووجهها إلى الحائط، وقد احترق قلبها من الهم والغم والغيرة، ولكن نكبتها منعتها عن أن تخبرني بشيء مما عندها من الغرام لمَّا رأت ما أنا فيه من كثرة الوجد والهيام، ثم نظرتُ إليها فرأيت على رأسها عصابتين إحداهما من الوقعة على جبهتها والأخرى على عينيها بسبب وجع أصابها من شدة بكائها، وهي في أسوأ الحالات تبكي وتنشد هذه الأبيات:

أينما كنت لم تزل بأمان أيها الراحل المقيم بقلبي
ولك الله حيث أمسيت حار منقذ من صروف دهر وخطب
ليت شعري بأي أرض ومغنى أنت مستوطن بدار وشعب
إن يكن شربك القراح زلالا فدموعي من المحاجر شربي
كل شيء سوى فراقك عذب كالتجافي بين الرقاد وجنبي

فلمَّا فرغت من شعرها نظرت إليَّ فرأتني وهي تبكي فمسحت دموعها، ونهضت إليَّ، ولم تقدر أن تتكلم مما هي فيه من الوجد، ولم تزل ساكتة برهة من الزمان، ثم بعد ذلك قالت:

- يا ابن عمي، أخبرني بما حصل لك منها في هذه المرة.

فأخبرتها بكل ما حصل لي، فقالت لي:

- اصبر، فقد آن أوان وصالك، وظفرت ببلوغ آمالك. أما إشارتها لك بالمِرآة وكونها أدخلتها في الكيس فإنها تقول لك: اصبر إلى أن تغطس الشمس، وأما إرخاؤها شعرها على وجهها فإنها تقول لك: إذ أقبل الليل، وانسدل سواد الظلام على نور النهار فتعالَ، وأما إشارتها لك بالقصرية التي فيها

زرع فإنها تقول لك: إذا جئت فادخل البستان الذي وراء الزقاق، وأما إشارتها لك بالقنديل فإنها تقول لك: إذا جئت البستان فامشِ فيه، وأي موضع وجدت القنديل مضيئًا فتوجه إليه، واجلس تحته، وانتظرني فإن هواك قاتلي.
فلمَّا سمعتُ كلام ابنة عمي صحت من فرط الغرام، وقلت:
- كم تعدينني وأتوجه إليها ولا أحصل مقصودي ولا أجد لتفسيرك معنًى صحيحًا؟
وعند ذلك ضحكت بنت عمي، وقالت لي:
- بقي عليك من الصبر أن تصبر بقية هذا اليوم إلى أن يولي النهار ويُقبل الليل بالاعتكار؛ فتحظى بالوصال، وبلوغ الآمال، وهذا الكلام صدق بغير يمين، ثم أنشدت هذين البيتين:

درب الأيام تندرج وبيوت الهم لا تلج
رب أمر عز مطلبه قربته ساعة الفرج

ثم إنها أقبلت عليَّ، وصارت تسليني بلين الكلام، ولم تجسر أن تأتيني بشيء من الطعام مخافةً من غضبي عليها، ورجاء ميلي إليها، ولم يكن لها قصد إلا أنها أتت إليَّ، ثم قالت:
- يا ابن عمي، اقعد معي حتى أحدثك بما يسليك إلى آخر النهار، وإن شاء الله تعالى ما يأتي الليل إلا وأنت عند محبوبتك.
فلم ألتفت إليها، وصرت أنتظر مجيء الليل، وأقول:
- يا رب، عجِّل بمجيء الليل.
فلمَّا أتى الليل بكت ابنة عمي بكاءً شديدًا، وأعطتني حبة مسك خالص، وقالت لي:
- يا ابن عمي، اجعل هذه الحبة في فمك؛ فإذا اجتمعت بمحبوبتك وقضيت منها حاجتك وسمحت لك بما تمنيت؛ فأنشدها هذا البيت:
ألا أيها العناق بالله خبروا إذا اشتد عشق بالفتى كيف يصنع
ثم إنها قبلتني وحلفتني أني لا أنشدها هذا البيت من الشعر إلا بعد خروجي من عندها، فقلت لها:
- سمعًا وطاعةً.
ثم خرجت وقت العشاء ومشيت، ولم أزل ماشيًا حتى وصلت إلى البستان، فوجدت بابه مفتوحًا فدخلته، فرأيت نورًا على بُعد فقصدته، فلمَّا وصلت إليه وجدت مقعدًا عظيمًا معقودًا عليه قبة من العاج والأبنوس، والقنديل مُعلقًا في وسط تلك القبة، وذلك المقعد مفروشًا بالبسط الحرير المزركشة بالذهب والفضة، وهناك شمعة كبيرة موقدة في شمعدان من الذهب تحت القناديل،

وفي وسط المقعد فسقية بها أنواع التصاوير، وبجانب تلك الفسقية سفرة مغطاة بفوطة من الحرير، وإلى جانبها باطية كبيرة من الصيني مملوءة خمرًا، وفيها قدح من بلور مزركش بالذهب، وإلى جانب هذا كله طبق كبير من فضة مغطى، فكشفته فرأيت فيه سائر الفواكه ما بين تين، ورمان، وعنب، ونارنج، وإترنج، وكباد، وبينها أنواع الرياحين من ورد، وياسمين، وآس، ونسرين، ونرجس، ومن سائر المشمومات؛ ففهمت بذلك المكان، وفرحت غاية الفرح، وزال عني الهم والترح، لكنني في هذه الدار واحد من خلق الله تعالى.

قال الشاب لتاج الملوك:

- ولم أر عبدًا، ولا جاريةً، ولا من يعاني هذه الأمور؛ فجلست في ذلك المقعد أنتظر مجيء محبوبة قلبي، إلى أن مضى أول ساعة من الليل، وثاني ساعة، وثالث ساعة فلم تأتِ، واشتد بي الجوع؛ لأن لي مدة من الزمان ما أكلت طعامًا لشدة وجدي، فلمَّا رأيت ذلك المكان، وظهر لي صدق بنت عمي في فَهم إشارة معشوقتي استرحت، ووجدت ألم الجوع، وقد شوقتني روائح الطعام الذي في السفرة لمَّا وصلت إلى ذلك المكان.

واطمأننت بالوصال، فاشتهت نفسي الأكل، فتقدمت إلى السفرة، وكشفت الغطاء، فوجدت في وسطها طبقًا من الصيني، وفيه أربع دجاجات محمرة ومتبلة بالبهارات، وحول ذلك الطبق أربع زبادي؛ واحدة حلوى، والأخرى حب الرمان، والثالثة بقلاوة، والرابعة قطايف، وتلك الزبادي ما بين حلو وحامض، فأكلت من القطايف، وأكلت قطعة لحم، وعمدت إلى البقلاوة، وأكلت منها ما تيسر، ثم قصدت الحلوى فأكلت مِلعقة أو اثنتين أو ثلاثًا أو أربعًا، وأكلت بعض دجاجة، وأكلت لقمة، وعند ذلك امتلأت معدتي، وارتخت مفاصلي، وقد كسلت عن السهر، فوضعت رأسي على وسادة، بعد أن غسلت يدي فغلبني النوم، ولم أعلم بما جرى لي بعد ذلك، فما استيقظت حتى أحرقني حر الشمس؛ لأن لي أيامًا ما ذقت منامًا، فلمَّا استيقظت وجدت على بطني مِلحًا وفحمًا فانتصبت واقفًا، ونفضت ثيابي، وقد التفت يمينًا وشمالًا فلم أجد أحدًا، ووجدتني نائمًا على الرخام من غير فرش؛ فتحيرت في عقلي، وحزنت حزنًا عميقًا، وجرت دموعي على خدي، وتأسفت على نفسي؛ فقمت وقصدت البيت، فلمَّا وصلت إليه وجدت ابنة عمي تدق بيدها على صدرها وتبكي بدمع يباري السحب الماطرات، وتنشد هذه الأبيات:

هب ريح من الحي ونسيم فأثار الهوى ينشر هبوبه
يا نسيم الصبا هلم إلينا كل صب بحظه ونصيبه

أو قدرنا من الغرام اعتنقنا كاعتناق المحب صدر حبيبته
حرم الله بعد وجه ابن عمي كل عيش من الزمان وطيبه
ليت شعري هل قلبه مثل قلبي ذائب من حر الهوى ولهيبه

فلما رأتني قامت مسرعة، ومسحت دموعها، وأقبلت عليَّ بلين كلامها، وقالت:

- يا ابن عمي، أنت في عشقك قد لطف الله تعالى بك؛ حيث أحبك من تحب، وأنا في بكائي وحزني على فراقك من يلومني.

ثم إنها تبسمت في وجهي تبسم الغيظ، ولاطفتني، وخلعت عني ثيابي، ونشرتها، وشمتها، وقالت:

- واللهِ ما هذه روائح من حَظِيَ بمحبوبه؛ فأخبرني بما جرى لك يا ابن عمي.

فأخبرتها بكل ما جرى لي فتبسمت تبسم الغيظ ثانيًا، وقالت:

- إن قلبي ملآن موجع فلا عاش من يوجع قلبك، وهذه المرأة تتعزز عليك تعززًا شديدًا، واللهِ يا ابن عمي إني لخائفة عليك منها، واعلم يا ابن عمي أن تفسير المِلح هو أنك مستغرق في النوم؛ فكأنك دلع الطعم بحيث تعارفك النفوس فينبغي لك أن تتملح حتى لا تمجك الطباع؛ لأنك تدعي أنك من العشاق الكرام، والنوم على العشاق حرام، فدعواك المحبة كاذبة، وكذلك هي محبتها لك كاذبة؛ لأنها لما رأتك نائمًا لم تنبهك، ولو كانت محبتها لك صادقة لأنبهتك، وأما الفحم فإن تفسير إشارته سود الله وجهك حيث ادعيتَ المحبة كذبًا، وإنما أنت صغير، ولم يكن لك همة إلا الأكل والشرب والنوم؛ فهذا تفسير إشارتها فالله تعالى يُخلصك منها.

فلمَّا سمعت كلامها ضربت بيدي على صدري، وقلت:

- واللهِ إن هذا هو الصحيح؛ لأني نمت والعشاق لا ينامون؛ فأنا الظالم لنفسي، وما كان أضر عليَّ من الأكل والنوم فكيف يكون الأمر.

ثم إني زدت في البكاء، وقلت لابنة عمي:

- دليني على شيء أفعله، وارحميني يرحمك الله، وإلا مت.

وكانت بنت عمي تحبني محبة شديدة. وقال الشاب لتاج الملوك:

- فقالت لي:

- على رأسي وعيني.. ولكن يا ابن عمي، قد قلت لك مرارًا لو كنت أدخل وأخرج لكنت أجمع بينك وبينها في أقرب زمن وأغطيكما بذيلي، ولا أفعل معك هذا إلا لقصد رضاك، وإن شاء الله تعالى أبذل غاية الجهد في الجمع بينكما.. ولكن، اسمع قولي، وابلغ أمري، واذهب إلى نفس ذلك المكان، واقعد هناك؛ فإذا كان وقت العشاء فاجلس في الموضع الذي كنت فيه،

واحذر أن تأكل شيئًا لأن الأكل يجلب النوم، وإياك أن تنام فإنها لا تأتي لك حتى يمضي الليل ربعه، كفاك الله شرها.

فلمَّا سمعت كلامها فرحت وصرت أدعو الله أن يأتي الليل، فلما أردت الانصراف قالت لي ابنة عمي:

- إذا اجتمعت بها فاذكر لها البيت المتقدم وقت انصرافك.

فقلت لها:

- على الرأس والعين.

فلما خرجت وذهبت إلى البستان وجدت المكان مُهيأ على الحالة التي رأيتها عليه أول مرة، وفيه ما يحتاج إليه من الطعام والشراب وغير ذلك، فجلست على المقعد، وشممت رائحة الطعام فاشتاقت نفسي إليه فمنعتها مرارًا فلم أقدر على منعها، فقمت وأتيت إلى السفرة، وكشفت غطاءها فوجدت صحن دجاج وحوله أربع زبادي من الطعام فيها أربعة ألوان، فأكلت من كل لون لقمة، وأكلت ما تيسر من الحلوى، وأكلت قطعة لحم، وشربت من الزردة، وأعجبتني فأكثر الشرب منها بالمِلعقة حتى شبعت، وامتلأ بطني، وبعد ذلك انطبقت أجفاني فأخذت وسادة، ووضعتها تحت رأسي، وقلت: لعلي أتكئ عليها ولا أنام، فأغمضت عيني ونمت، وما إن انتبهت حتى طلعت الشمس فوجدت على بطني كعب عظم، وفردة طاب بلح، وبذرة خروب، وليس في المكان شيء من فرش ولا غيره، وكأنه لم يكن فيه شيء بالأمس، فقمت ونفضت كل شيء عني، وخرجت وأنا مغتاظ إلى أن وصلت للبيت فوجدت ابنة عمي تصعد الزفرات، وتنشد هذه الأبيات:

جسدنا حل وقلب جريح ودموع على الخدود تسيح
وحبيب صعب التجني ولكن كل ما يفعل المليح مليح
يا ابن عمي ملأت بالوجد قلبي إن طرفي من الدموع قريح

فنهرت ابنة عمي وشتمتها فبكت، ثم مسحت دموعها وأقبلت عليَّ وقبلتني، أخذت تضمني إلى صدرها وأنا أتباعد عنها، وأعاتب نفسي، فقالت لي:

- يا ابن عمي، كأنك نمت في هذه الليلة.

فقلت لها:

- نعم، ولكنني لمَّا انتبهت وجدت كعب عظم على بطني، وفردة طاب، ونواة بلح وبذرة خروب، وما أدري لأي شيء فعلت هكذا؟!

ثم بكيتُ وأقبلتُ عليها، وقلت لها:

- فسري لي إشارة فعلها هذا، وقولي لي ماذا أفعل، وساعديني على الذي أنا فيه.

فقالت:

ـ على الرأس والعين.. أما فردة الطاب التي وضعتها على بطنك فإنها تشير إلى أنك حضرت وقلبك غائب، وكأنها تقول لك: ليس العشق هكذا، فلا تعد نفسك من العاشقين.. وأما نواة البلح فإنها تشير لك بها إلى أنك لو كنت عاشقًا لكان قلبك محترقًا بالغرام، ولم تذق لذيذ المنام، فإن لذة الحب كتمرة ألهبت في الفؤاد جمرة.. وأما بذرة الخروب فإنها تشير لك بها إلى أن قلب المحب مسلوب، وتقول لك: اصبر على فراقها صبر أيوب.

الباب السادس

فلمَّا سمعتُ هذا التفسير انطلقت في فؤادي النيران، وزادت بقلبي الأحزان، فصحت وقلت:

- قدر الله عليَّ النوم لقلة بختي.

ثم قلت لها:

- يا ابنة عمي، بحياتي عندك أن تدبري لي حيلة أتوصل بها إليها.

فبكت وقالت:

- يا عزيزي، يا ابن عمي، إن قلبي ملآن بالفِكْر، ولا أقدر أن أتكلم، ولكن اذهب الليلة إلى ذلك المكان، واحذر أن تنام، فإنك تبلغ المرام، وهذا هو الرأي والسلام.

فقلت لها:

- إن شاء الله تعالى لا أنام، وإنما أفعل ما تأمرينني به.

فقامت بنت عمي وأتت بالطعام، وقالت لي:

- كُل الآن ما يكفيك؛ حتى لا يبقى في خاطرك شيء.

فأكلت كفايتي، ولمَّا أتى الليل قامت بنت عمي وجائتني ببدلة عظيمة ألبستني إياها، وحلفتني أن أذكر لها البيت المذكور، وحذرتني من النوم. ثم خرجت من بيت عمي، وتوجهت إلى البستان، وطلعت ذلك المقعد، ونظرت إلى البستان، وجعلت أفتح عيني بأصابعي وأهز رأسي حين جن الليل؛ فلمَّا طلعت هبت عليَّ روائح الطعام؛ فازداد جوعي، وتوجهت إلى السفرة وكشفت غطاءها، وأكلت من كل لون لقمة، وأكلت قطعة لحم، وأتيت إلى باطية الخمر، وقلت في نفسي:

- أشرب قدحًا.

فشربته، ثم شربت الثاني، والثالث، إلى غاية عشرة، وقد ضربني الهواء فوقعت على الأرض كالقتيل، وما زلت كذلك حتى طلع النهار، فانتبهت فرأيت نفسي خارج البستان، وعلى بطني شفرة ماضية ودرهم حديد؛ فارتجفت، وأخذتهما، وأتيت بهما إلى البيت، فوجدت ابنة عمي تقول إنني في هذا البيت مسكينة حزينة، ليس لي معين إلا البكاء؛ فلمَّا دخلت وقعت من طولي، ورميت السكين والدرهم من يدي، وغُشي عليَّ، فلما أفقت عرَّفْتها بما حصل لي، وقلت لها:

- إني لم أنل أربي.

فاشتد حزنها عليَّ لما رأت بكائي ووجدي، وقالت لي:

- إني عجزت عن النوم؛ فلم تسمع نُصحي، فكلامي لا يفيدك شيئًا.

فقلت لها:

- أسألك بالله تعالى أن تفسري لي إشارة السكين والدرهم الحديد.

فقالت:

- أما الدرهم الحديد فإنها تشير به إلى عينها اليمنى، وأنها تقسم بها وتقول: وحق رب العالمين وعيني اليمين إن رجعت ثاني مرة ونمت لأذبحنك بهذه السكين، وأنا خائفة عليك يا ابن عمي من مكرها، وقلبي ملآن بالحزن عليك، فما اقدر أن أتكلم فإن كنت تعرف من أنك إن رجعت إليها لا تنام فارجع إليها واحذر النوم، فإنك تفوز بحاجتك، وإن عرفت أنك إن رجعت إليها تنام على عادتك ثم رجعت إليها ونمت ذبحتك.

فقلت لها:

- وكيف يكون العمل يا بنت عمي؟ أسألك بالله أن تساعديني على هذه البلية.

فقالت:

- على عيني ورأسي، ولكن إن سمعت كلامي، وأطعت أمري قضيت حاجتك.

فقلت لها:

- إني أسمع كلامك، وأطيع أمرك.

فقالت:

- إذا كان وقت الرواح أقول لك.

ثم ضمتني إلى صدرها، ووضعتني على الفراش، وما زالت تكسبني حتى غلبني النعاس، واستغرقت في النوم، فأخذت مروحة، وجلست عند رأسي تروح على وجهي إلى آخر النهار، ثم نبهتني فلمَّا انتبهت وجدتها عند رأسي وفي يدها المروحة، وهي تبكي ودموعها قد بلَّت ثيابها.

فلمَّا رأتني استيقظت مسحت دموعها، وجاءت بشيء من الأكل فامتنعت عنه، فقالت لي:

- أما قلت لك اسمع مني وكل.

فأكلت ولم أخالفها، وأخذت تضع الأكل في فمي، وأنا أمضغ حتى امتلأت، ثم أسقتني نقيع عناب السكر، ثم غسلت يدي ونشفتها بمحرمة، ورشت عليَّ ماء الورد، وجلست معها وأنا في عافية.

فلمَّا جن الليل ألبستني ثيابي وقالت:

- يا ابن عمي، اسهر طوال الليل ولا تنم؛ فإنها ما تأتيك في هذه الليلة إلا في آخر الليل، وإن شاء الله تعالى تجتمع بها في هذه الليلة، ولكن لا تنسَ وصيتي.

ثم بكت فأوجعتني قلبي عليها من كثرة بكائها، وقلت لها:

- ما الوصية التي وعدتني بها؟

فقالت لي:

- إذا انصرفت من عندها فأنشدها البيت المقدم ذكره.

ثم خرجت من عندها وأنا فرحان، ومضيت إلى البستان، وطلعت المقعد وأنا شبعان، فجلست وسهرت إلى ربع الليل، ثم طال الليل عليَّ حتى كأنه سنة فمكثتُ ساهرًا، حتى مضى ثلاثة أرباع الليل، وصاحت الديوك فاشتد عندي الجوع من السهر؛ فقمت إلى السفرة، وأكلت حتى اكتفيت، فثقل رأسي، وأردت أن أنام؛ فإذا بضجة على بُعد فنهضت وغسلت يدي وفمي، ونبهت نفسي فما كان إلا قليلًا وإذا بها أتت ومعها عشر جوار، وهي بينهن كأنها البدر بين الكواكب وعليها حُلة من الأطلس الأخضر مزركشة بالذهب الأحمر، وهي كما قال الشاعر:

تتيه على العشاق في حلل خضر مفككة الأزرار محلولة الشعر
فقلت لها ما الاسم قالت أنا التي كويت قلوب العاشقين على الجمر
شكوت لها ما أقاسي من الهوى فقالت إلى صخر شكوت ولم تدر
فقلت لها إن كان قلبك صخرة فقد أنبع الله الزلال من الصخر

فلمَّا رأتني ضحكت، وقالت:

- كيف انتبهت ولم يغلب عليك النوم، وحيث سهرت الليل علمت أنك عاشق؛ لأن من شيم العُشاق سهر الليل في مُكابدة الأشواق.

ثم أقبلت عليَّ الجواري، وغمزتهن فانصرفن عنها، وأقبلت عليَّ، وعانقتني، وقبلتني وقبلتها، ومصت شفتي التحتانية ومصصت شفتها الفوقانية، ثم مددت يدي إلى خصرها وغمرته، وما نزلنا في الأرض إلا سواء وحلت سراويلها فنزلت في خلال رجليها وأخذنا في الهراس، والتعنيق، والغنج، والكلام الرقيق، والعض، وحمل السيقان، إلى أن ارتخت مفاصلها، وغشي عليها، ودخلت في الغيبوبة وكانت تلك الليلة مسرة القلب وقرة الناظر، كما قال فيها الشاعر:

أهنى ليالي الدهر عندي ليلة لم أخل فيها الكأس من أعمال
فرقت فيها بين جفني والكرى وجمعت بين القرط والخلخال

فلمَّا أصبح الصباح أردتُ الانصراف فإذا بها أمسكتني، وقالت لي:

- قِف حتى أخبرك بشيء، وأوصيك وصية.
فوقفت فحلت منديلًا، وأخرجت هذه الخرقة، ونشرتها قُدامي، فوجدت فيها صورة غزال على هذا المثال فتعجبت منها غاية العجب، فأخذته من عندها، وتواعدت وإياها أن أسعى إليها في كل ليلة في ذلك البستان، ثم انصرفت من عندها وأنا فرحان، ومن فرحي نسيت الشعر الذي أوصتني به بنت عمي، وحين أعطتني الخرقة التي فيها صورة الغزال، قالت لي:
- هذا عمل أختي.
فقلت لها:
- وما اسم أختك؟
قالت:
- اسمها نور الهدى، فاحتفظ بهذه الخرقة.
ثم ودعتها، وانصرفت وأنا فرحان، ومشيت إلى أن دخلت على ابنة عمي فوجدتها راقدة، فلمَّا رأتني قامت ودموعها تتساقط، ثم أقبلت عليَّ وقبلت صدري، وقالت:
- هل فعلت ما أوصيتك به من إنشاد بيت الشعر؟
فقلت لها:
- إني نسيته، وما شغلني عنه إلا صورة هذا الغزال، ورميت الخرقة قدامها، فقامت، وقعدت، ولم تطق الصبر، وأفاض دمع العين، وأنشدت هذين البيتين:

يا طالبًا للفراق مهلًا فلا يغرنك العناق
مهلًا فطبع الزمان وآخر الصحبة الفراق

فلمَّا فرغت من شعرها، قالت:
- يا ابن عمي، هب لي هذه الخرقة.
فوهبتها لها فأخذتها، ونشرتها، ورأت ما فيها؛ فلمَّا جاء وقت ذَهابي قالت ابنة عمي:
- اذهب مصحوبًا بالسلامة، ولكن إذا انصرفت من عندها فأنشد بيت الشعر الذي أخبرتك به أولًا ونسيته.
فقلت لها:
- أعيديه لي.
فأعادته، ثم مضيتُ إلى البستان، ودخلت المقعد فوجدت الصبية في انتظاري، فلمَّا رأتني قامت، وقبلتني، وأجلستني في حجرها ثم أكلنا، وشربنا، فلمَّا أصبح الصباح أنشدتها بيت الشعر، وهو:

ألا أيها العشاق بالله خبروا إذا اشتد عشق الفتى كيف يصنع

فلمَّا سمعته هملت عيناها بالدموع، وأنشدت:

يداري هواه ثم يكتم سره ويصبر في كل الأمور ويخضع

فحفظته، وفرحت بقضاء حاجة ابنة عمي فوجدتها راقدة، وأمي عند رأسها تبكي على حالها، فلمَّا دخلت عليها قالت لي أمي:

- تبًّا لك من ابن عم، كيف تترك بنت عمك على استواء ولا تسأل عن مرضها؟

فلمَّا رأتني ابنة عمي رفعت رأسها وقعدت، وقالت لي:

- يا عزيز، هل أنشدتها البيت الذي أخبرتك به؟

فقلت:

- نعم.. فلمَّا سمعته بكت وأنشدتني بيتًا آخر، وحفظته.

فقالت بنت عمي:

- أسمعني إياه.

ثم بكت بكاءً شديدًا، وأنشدت هذا البيت:

لقد حاول الصبر الجميل ولم يجد له غير قلب في الصبابة يجزع

ثم قالت ابنة عمي:

- إذا ذهبت إليها على عادتك فأنشدها هذا البيت الذي سمعته.

فقلت لها:

- سمعًا وطاعةً.

ثم ذهبت إليها في البستان على العادة، وكان بيننا ما كان ما يقصر عن وصفه اللسان، فلمَّا أردت الانصراف أنشدتها هذا البيت وهو له إلى آخره، فلما سمعته سالت مدامعها في المحاجر، وأنشدت قول الشاعر:

فإن لم يجد صبرًا لكتمان سره فليس له عندي سوى الموت أنفع

فحفظته وتوجهت إلى البيت فلما دخلت على ابنة عمي وجدتها ملقاة مغشيًّا عليها، وأمي جالسة عند رأسها، فلمَّا سمعت كلامي فتحت عينيها، وقالت:

- يا عزيز، هل أنشدتها بيت الشعر؟

قلت لها:

- نعم. ولمَّا سمعته بكت، وأنشدتني هذا البيت، فإن لم يجد إلى آخره.

فلما سمعته بنت عمي غُشي عليها ثانيًا، فلما أفاقت أنشدت هذا البيت:

سمعنا أطعنا ثم متنا فبلغوا سلامي على كل من كان للوصل يمنع

ثم لمَّا أقبل الليل مضيت إلى البستان على غير عادتي، فوجدت الصبية في انتظاري، فجلسنا، وأكلنا، وشربنا، وعملنا حظنا، ثم نمنا إلى الصباح، فلمَّا

أردت الانصراف أنشدتها ما قالته ابنة عمي، فلمَّا سمعت ذلك صرخت صرخة عظيمة تضجرت، وقالت:
- واللهِ إن قائلة هذا الشعر قد ماتت.
ثم بكت وقالت:
- ويلك! ماذا تقرب لك قائلة هذا الشعر؟
قلت لها:
- إنها ابنة عمي.
فقالت:
- كذبت واللهِ.. لو كانت ابنة عمك لكان عندك لها من المحبة مثل ما عندها لك، فأنت الذي قتلتها قتلك الله كما قتلتها، واللهِ لو أخبرتني أن لك ابنة عم ما قربتك مني.
فقلت لها:
- ابنة عمي كانت تفسر لي الإشارات التي كنتِ تشيرين بي إليَّ، وهي التي علمتني ما أفعل معك، وما وصلت إليك إلا بحُسن تدبيرها.
فقالت:
- وهل عرفت بنا؟
قلت:
- نعم.
قالت:
- حسرك الله على شبابك كما حسرتها على شبابها.
ثم قالت لي:
- اذهب انظرها.
فذهبت وخاطري متشوش، وما زلت ماشيًا حتى وصلت إلى زقاقنا، فسمعت عياطًا، فسألت عنه فقيل:
- إن عزيزة وجدناها خلف الباب ميتة.
ثم دخلت الدار فلمَّا رأتني أمي قالت:
- إن خطيئتها في عنقك لا سامحك الله من دمها.
ثم إن أبي جاء، وجهزناها، وشيعنا جنازتها، ودفناها، وعملنا على قبرها الختمات، ومكثنا على القبر ثلاثة أيام، ثم رجعت إلى البيت وأنا حزين عليها؛ فأقبلت عليَّ أمي وقالت لي:

- إن قصدي أن أعرف ما كنت تفعله معها حتى فقعت مرارتها، وإني يا ولدي كنت أسألها في كل الأوقات عن سبب مرضها فلم تخبرني به ولم تطلعني عليه، فباللهِ عليك أن تخبرني بالذي كنت تصنعه معها حتى ماتت.
فقلت:
- ما عملت شيئًا.
فقالت:
- الله تعالى يقتص لها منك، فإنها ما ذكرت شيئًا بل كتمت أمرها حتى ماتت وهي راضية، ولما ماتت كنت عندها ففتحت عينيها، وقالت لي: يا امرأة عمي، جعل الله تعالى ولدك في حِل من دمي، ولا آخذه بما فعل معي، وإنما نقلني إلى الله تعالى من الدنيا الفانية إلى الآخرة الباقية!
فقلت لها:
- يا ابنتي، سلامتك وسلامة شبابك..
وصرت أسألها عن سبب مرضها فما تكلمت، ثم تبسمت وقالت:
- يا امرأة عمي، إذا أراد ابنك أن يذهب إلى الموضع الذي عادته الذهاب إليه فقولي له أن يقول هاتين الكلمتين عند انصرافه منه :**الوفاء مليح والغدر قبيح**، وهذه شفقة مني عليه لأكون شفيقة عليه في حياتي وبعد مماتي.
ثم أعطتني لك حاجة وحلفتني أني لا أعطيها لك حتى أراك تبكي عليها وتنوح، الحاجة عندي فإذا رأيتك على الصفة التي ذكرتها أعطيتك إياها.
فقلت لها:
- أريني إياها.
فما رضيت، ثم إني اشتغلت بلذاتي، ولم أتذكر موت ابنة عمي؛ لأني كنت طائش العقل، وكنت أود في نفسي أن أكون طول ليلي ونهاري عند محبوبتي، وما صدقت أن الليل أقبل حتى مضيت إلى البستان، فوجدت الصبية جالسة على مقالي النار من كثرة الانتظار، فما صدقت أنها رأتني فبادرت إليَّ، وتعلقت برقبتي، وسألتني عن بنت عمي؛ فقلت لها:
- تعيشي أنتي، فقد ماتت. وعملنا لها الذكر والختمات، ومضى لها أربع ليالٍ، وهذه الخامسة.
فلمَّا سمعت ذلك، صاحت، وبكت، وقالت:
- أما قلت لك إنك قتلتها ولو أعلمتني بها قبل موتها لكنت كافأتها على ما فعلت معي من المعروف؛ فإنها خدمتني، وأوصلتك إليَّ، ولولاها ما اجتمعت بك، وأنا خائفة عليك أن تقع في مصيبة بسبب رزيتها.
فقلت لها:

- إنها قد جعلتني في حِل قبل موتها.

ثم ذكرت لها ما أخبرتني به أمي فقالت:

- باللهِ عليك، إذا ذهبت إلى أمك فاعرف الحاجة التي عندها.

فقلت لها:

- إن أمي قالت لي: إن ابنة عمك قبل أن تموت أوصتني، وقالت لي: إذا أراد ابنك أن يذهب إلى الموضع الذي عادته الذهاب إليه فقولي له هاتين الكلمتين: **الوفاء مليح والغدر قبيح.**

فلمَّا سمعت الصبية ذلك قالت:

- رحمة الله عليها؛ فإنها خلصتك مني، وقد كنت أضمرت على ضررك، فأنا لا أضرك، ولا أشوش عليك.

فتعجبت من ذلك، وقلت لها:

- وما كنت تريدين قبل أن تفعليه معي وقد صار بيني وبينك مودة؟

فقالت لي:

- أنت مولع بي، ولكنك صغير السن، وقلبك خالٍ من الخداع، فأنت لا تعرف مكرنا ولا خداعنا، ولو كانت على قيد الحياة لكانت معينة لك؛ فإنها سبب سلامتك حتى أنجتك من الهلكة، والآن أوصيك بألا تتكلم مع واحدة، ولا تخاطب واحدة من أمثالنا لا صغيرة ولا كبيرة، فإياك ثم إياك ذلك؛ لأنك غير عارف بخداع النساء، ولا مكرهن، والتي تفسر لك الإشارات قد ماتت، وإني أخاف عليك أن تقع في رزية فلا تجد من يخلصك منها بعد موت بنت عمك.

ثم قالت الصبية:

- فواحسرتاه على بنت عمك، وليتني علمت بها قبل موتها حتى أكافئها على ما فعلت معي من المعروف، رحمة الله عليها، فإنها كتمت سرها ولم تبح بما عندها، ولولاها ما كنت تصل إليَّ أبدًا، وإني أشتهي عليك أمرًا.

فقلت:

- وما هو؟

قالت:

- إن توصلني إلى قبرها حتى أزورها، وأكتب عليه أبياتًا.

فقلت لها:

- في غدٍ إن شاء الله تعالى.

ثم إني نمت معها تلك الليلة، وهي بعد كل ساعة تقول لي:

- ليتك أخبرتني بابنة عمك قبل موتها.

فقلت لها:
- ما معنى هاتين الكلمتين اللتين قالتهما وهما الوفاء مليح والغدر قبيح؟
فلم تُجبني.
فلمَّا أصبح الصباح قامت، وأخذت كيسًا فيه دنانير، وقالت لي:
- قم وأرني قبرها حتى أزوره، وأكتب عليه أبياتًا، وأعمل عليه قبة، وأترحم عليها، وأصرف هذه الدنانير صدقة على روحها.
فقلت لها:
- سمعًا وطاعةً.
ثم مشيت قدامها، ومشت خلفي، وصارت تتصدق وهي سائرة في الطريق، وكلما تصدقت صدقة تقول:
- هذه الصدقة على روح عزيزة التي كتمت سرها حتى شربت كأس مناياها، ولم تبح بسر هواها.
ولم تزل تتصدق من الكيس وتقول:
- على روح عزيزة.
حتى وصلنا القبر ونفد ما في الكيس، فلمَّا عاينت القبر رمت روحها عليه وبكت بكاءً شديدًا، ثم إنها أخرجت بيكارًا من الفولاذ، ومطرقة لطيفة، وخطب بالبيكار على الحجر الذي على رأس القبر خطًا لطيفًا، ورسمت هذه الأبيات:

مرت بقبر دارس وسط روضة عليه من النعمان سبع شقائق
فقلت لمن ذا القبر جاوبني الثرى تأدب فهذا القبر برزخ عاشق
فقلت رعاك الله يا ميت الهوى وأسكنك الفردوس أعلى الشواهق
مساكين أهل العشق حتى قبورهم عليها تراب الذل بين الخلائق
فإن أستطع زرعًا زرعتك روضة وأسقيتها من دمعي المتدافق

ثم بكت بكاءً شديدًا، وقامت وقمتُ معها، وتوجهنا إلى البستان فقالت لي:
- سألتك بالله بألا تنقطع عني أبدًا.
فقلت:
- سمعًا وطاعةً.
ثم إني صرت أتردد عليها، وكلما بت عندها تُحسن إليَّ وتكرمني، وتسألني عن الكلمتين اللتين قالتهما ابنة عمي، ومكثت مستغرقًا في تلك الملذات سنة كاملة. وعند رأس السنة دخلت الحمام، وأصلحت شأني، ولبست بدلة فاخرة من الحمام، وشربت قدحًا من الشراب، وشممت روائح قماشي المضمخ بأنواع الطيب، وأنا خالي القلب من غدرات الزمان وطواق الحدثان، فلما

جاء وقت العشاء اشتاقت نفسي إلى الذَّهاب إليها وأنا سكران لا أدري أين أتوجه، فذهبت إليها فمال بي السكر إلى زقاق يُقال له "زقاق النقيب"، فبينما أنا ماشٍ في ذلك الزقاق إذا بعجوز ماشية وفي إحدى يديها شمعة مضيئة، وفي الأخرى كتاب ملفوف؛ فتقدمت إليها وهي باكية العين، وتنشد هذين البيتين:

له در مباشري لقدومكم فلقد أتى بلطائف المسموع

لو كان يقنع بالخليع وهبته قلبًا تمزق ساعة التوديع

فلما رأتني قالت لي:

- يا ولدي، هل تعرف أن تقرأ؟

فقلت لها:

- نعم يا خالتي العجوز،

فقالت لي:

- خذ هذا الكتاب واقرأه.

وناولتني إياه فأخذته منها، وفتحته، وقرأت مضمونه؛ إنه كتاب من عند الغياب بالسلام على الأحباب، فلما سمعته فرحت واستبشرت، ودعت لي وقالت:

- فرج الله همك كما فرجت همِّي.

ثم أخذت الكتاب، ومشت خطوتين، وغلبني حصر البول، فقعدت في مكان لأريق الماء، ثم إني قمت، وتجمرت، وأرخيت أثوابي، وأردت أن أمشي فإذا بالعجوز قد أقبلت عليَّ وقبلت يدي، وقالت:

- يا مولاي، الله يهنيك بشبابك، ولا يفضحك، أرجوك أن تمشي معي خطوات إلى ذلك الباب؛ فإني أخبرتهم بما أسمعتني إياه من قراءة الكتاب فلمْ يصدقوني فامشِ معي خطوتين، واقرأ لهم الكتاب من خلف الباب، واقبل دعائي لك.

فقلت لها:

- وما قصة هذا الكتاب؟

فقالت لي:

- يا ولدي، هذا الكتاب جاء من عند ولدي وهو غائب عني مدة عشر سنين، فلقد سافر بمتجر ومكث في الغربة تلك المدة، فقطعنا الرجاء منه، وظننا أنه مات، ثم وصل إلينا منه هذا الكتاب، وله أخت تبكي عليه في مدة غيابه أناء الليل وأطراف النهار. فقلت لها: لقد أرسل كتابًا وهوإنه طيب بخير. فلم تصدقني، وقالت لي: لا بد أن تأتيني بمن يقرأ هذا الكتاب فيخبرني؛ حتى

يطمئن قلبي، ويطيب خاطري، وأنت تعلم يا ولدي أن المُحب مولع بسوء الظن، فأنعم عليَّ بقراءة هذا الكتاب وأنت واقف خلف الستارة، وأخته تسمع من داخل الباب لأجل أن يحصل لك ثواب من قضى لمسلم حاجة نفس عنه كربة؛ فقد قال رسول الله (صلى الله عليه وسلم): "من نفس عن مكروب كربة من كرب الدنيا نفس الله عنه اثنتين وسبعين كربة من كرب يوم القيامة"، وأنا قصدتك فلا تخيبني.

فقلت لها:

- سمعًا وطاعةً.

وتقدمت فمشت قدامي ومشيت خلفها قليلًا حتى وصلت إلى باب دار عظيمة، وذلك الباب مصفح بالنحاس الأحمر، فوقفت خلف الباب، وصاحت العجوز بالعجمية فما أشعر إلا وصبية قد أقبلت بخفة ونشاط، فلما رأتني قالت بلسان فصيح عذب:

- ما سمعت أحلى منه يا أمي، أهذا الذي جاء يقرأ الكتاب؟

فقالت لها:

- نعم.

فمدت يدها إليَّ بالكتاب، وكان بينها وبين الباب نحو نصف قصبة، فمددتُ يدي لأتناول الكتاب، وأدخلت رأسي وكتفيَّ من الباب لأقرب، فما أدري إلا والعجوز قد وضعت رأسها في ظهري ويدي ماسكة الباب، فالتفت فرأيت نفسي في وسط الدار من داخل الدهليز، ودخلت العجوز أسرع من البرق الخاطف ولم يكن لها شغل إلا قفل الباب.

وهنا قال الشاب لتاج الملوك:

إن الصبية لما رأتني من داخل الباب بالدهليز أقبلت عليَّ، وضمتني إلى صدرها، ثم قالت لي:

- يا عزيزي، أي الحالتين أحب إليك: الموت أم الحياة؟

فقلت لها:

- الحياة.

فقالت:

- إذا كانت الحياة أحب إليك فتزوج بي.

فقلت:

- أنا أكره أن أتزوج بمثلك.

فقالت لي:

- إن تزوجت بي تسلم من بنت الدليلة المحتالة.

فقلت لها:

- ومن الدليلة المحتالة؟

فضحكت وقالت:

- كيف لا تعرفها وأنت لك في صحبتها اليوم سنة وأربعة أشهر. أهلكها الله، واللهِ ما يوجد أمكر منها، وكم شخصًا قتلت قبلك؟ وكم عملة؟ وكيف سلمت منها ولم تقتلك أو تشوش عليك ولك في صحبتها هذه المدة؟

فلمَّا سمعتُ كلامها تعجبت غاية العجب، فقلت لها:

- يا سيدتي، ومن عرفك بها؟

فقالت:

- أنا أعرفها مثل ما يعرف الزمان مصائبه، لكن قصدي أن تحكي لي كل ما وقع لك منها؛ حتى أعرف ما سبب سلامتك منها.

فحكيت لها كل ما جرى لي معها، ومع ابنة عمي عزيزة؛ فقالت:

- عوضك الله فيها خيرًا يا عزيز؛ فإنها هي سبب سلامتك من بنت الدليلة المحتالة، ولولاها لكنت هلكت، وأنا خائفة عليك من مكرها وشرها، ولكن ما أقدر أن أتكلم.

فقلت لها:

- واللهِ إن ذلك كله قد حصل.

فهزت رأسها وقالت:

- لا يوجد اليوم مثل عزيزة.

فقلت:

- وعند موتها أوصتني بأن أقول هاتين الكلمتين لا غير، وهما: الوفاء مليح والغدر قبيح.

الباب السابع

فلما سمعت ذلك مني، قالت:

- يا عزيز، واللهِ إن هاتين الكلمتين هما اللتان خلصتاك منها، وبسببهما ما قتلتك، فقد خلصتك بنت عمك حية وميتة، واللهِ إني كنت أتمنى الاجتماع بك ولو يومًا واحدًا فلم أقدر على ذلك إلا في هذا الوقت، حتى تحيلت عليك بهذه الحيلة، وقد تمت وأنت الآن صغير لا تعرف مكر النساء ولا دواهي العجائز.

فقلت:

- لا واللهِ.

فقالت لي:

- طب نفسًا وقر عينًا؛ فإن الميت مرحوم، والحي ملطوف، وأنت شاب مليح، وأنا ما أريدك إلا بسُنة الله ورسوله (صلى الله عليه وسلم)، ومهما أردت من مال، وقُماش يحضر لك سريعًا، ولا أكلفك بشيء أبدًا، وعندي أيضًا دائمًا الخبز مخبوزًا، والماء في الكوز، وما أريد منك إلا أن تعمل معي كما يعمل الديك.

فقلت لها:

- وما الذي يعمله الديك؟

فضحكت، وصفقت بيدها، ووقعت على قفاها من شدة الضحك، ثم إنها قعدت وقالت لي:

- أما تعرف صنعة الديك؟

فقلت لها:

- واللهِ ما أعرف صنعة الديك.

فقالت:

- صنعة الديك أن تأكل وتشرب، وتنكح.

فخجلت أنا من كلامها، ثم قلت:

- هذه صنعة الديك؟

قالت:

- نعم، وما أريدك إلا أن تشد وسطك، وتقوي عزمك، وتنكح.

ثم صفقت بيدها، وقالت:

- يا أمي، أحضري من عندك.

وإذا بالعجوز قد أقبلت بأربعة شهود عدول، ثم أوقدت أربع شمعات، فلما دخل الشهود سلموا عليَّ وجلسوا، فقامت الصبية، وأرخت عليها إزارًا، ووكلت بعضهم في ولاية عقدها، وقد كتبوا الكتاب، وأشهدت على نفسها أنها قبضت المهر كله مقدمًا ومؤخرًا، وأن في ذمتها لي عشرة آلاف درهم، ثم أعطت الشهود أجرتهم، وانصرفوا من حيث أتوا، وعند ذلك قامت الصبية وخلعت أثوابها، وأتت في قميص رفيق مطرز بطراز من الذهب، وخلعت لباسها، وأخذت بيدي، وطلعت بي فوق السرير، وقالت:

- ما في الحلال من عيب.

ووقعت على السرير، وانسطحت على ظهرها، ورمتني على بطنها، ثم شهقت شهقة، وأتبعت الشهقة بغنجة، ثم كشفت الثوب حتى جعلته فوق نهديها، فلما رأيتها على تلك الحالة لم أتمالك نفسي دون أن أولجت مدفعي في حصنها بعد أن مصصت شفتها وهي تتأوه، وتظهر الخشوع، والخضوع، والبكاء، والدموع وذكرتني في هذا الحال بقول من قال:

ولما كشفت الثوب عن سطح فرجها وجدت به ضيقاً كخلقي وأرزاقي
فأولجت فيها نصفه فتنهدت فقلت لماذا فقالت على الباقي

ثم قالت:

- يا حبيبي، اعمل خلاصك، فأنا جاريتك.. خذه هاته كله.. بحياتي عندك هاته حتى أدخله بيدي وأريح فؤادي.

ولم تزل تسمعني الغنج والشهيق في خلال البوس والتعنيق، حتى صار صياحنا في الطريق وحظينا بالسعادة والتوفيق، ثم نمنا إلى الصباح وأردت أن أخرج وإذا هي أقبلت علي ضاحكة وقالت:

- هل تحسب أن دخول الحمام مثل خروجه، وما أظن إلا أنك تحسبني مثل بنت الدليلة المحتالة، إياك وهذا الظن، فما أنت إلا زوجي بالكتاب والسنة، وإن كنت سكران فأفق لعقلك، إن هذه الدار التي أنت فيها لا تفتح إلا في كل سنة يومًا، قم إلى الباب الكبير وانظره.

فقمت إلى الباب الكبير فوجدته مغلقًا مسمرًا؛ فقالت:

- يا عزيز، إن عندنا من الدقيق، والحبوب، والفواكه، والرمان، والسكر، واللحم، والغنم، والدجاج، وغير ذلك ما يكفينا أعوامًا عديدة، ولا يفتح بابنا من هذه الليلة إلا بعد سنة.

فقلت:

- لا حول ولا قوة إلا بالله.

فقالت:

- وأي شيء يضرك وأنت تعرف صنعة الديك التي أخبرتك بها؟

ثم ضحكت فضحكت أنا وطاوعتها فيما قالت ومكثت عندها وأنا أعمل صنعة الديك؛ آكل، وأشرب، وأنكح حتى مر علينا عام، اثنا عشر شهرًا، فلما كملت السنة حملت مني ورُزقت منها ولدًا، وعند رأس السنة سمعت فتح الباب، وإذا بالرجال دخلوا بكعك ودقيق وسكر، فأردت أن أخرج، فقالت:

- اصبر إلى وقت العشاء، ومثلما دخلت فاخرج.

فصبرت إلى وقت العشاء، وأردت أن أخرج وأنا خائف مرتجف؛ فإذا هي تقول:

- واللهِ ما أدعك تخرج حتى أحلفك أنك تعود في هذه الليلة، قبل أن يغلق الباب.

فأجبتها إلى ذلك، وحلفتني بالإيمان الوثيق على السيف، والمصحف، والطلاق أني أعود إليها، ثم خرجت من عندها، ومضيت إلى البستان فوجدته مفتوحًا كعادته، فاغتظت، وقلت في نفسي:

- إني غائب عن هذا المكان سنة كاملة، وجئت على غفلة فوجدته مفتوحًا؛ يا تُرَى، هل الصبية باقية على حالها أم لا؟ لا بد أن أدخل وأنظر قبل أن أذهب إلى أمي، وأنا في وقت العشاء.

ثم دخلت البستان، ومشيت حتى أتيت المقعد فوجدت بنت دليلة المحتالة جالسة، ورأسها على ركبتها، ويدها على خدها، وقد تغير لونها، وغارت عيناها؛ فلمَّا رأتني قالت:

- الحمد لله على السلامة.

وهمت بالقيام فوقعت من فرحتها فاستحييتُ منها، وطأطأت رأسي. ثم تقدمت إليها، وقبلتها، وقلت له:

- كيف عرفت أني أجيء إليك في هذه الساعة؟

قالت:

- لا علم لي بذلك، واللهِ إن لي سنة لم أذق فيها نومًا، بل أسهر كل ليلة في انتظار، وأنا على هذه الحالة من يوم خرجت من عندي، وأعطيتك البدلة القماش الجديدة، ووعدتني أنك تجيء إليَّ، وقد انتظرتك فما أتيت، لا أول ليلة، ولا ثاني ليلة، ولا ثالث ليلة، فظللتُ منتظرة لمجيئك، والعاشق هكذا يكون، وأريد أن تحكي لي ما سبب غيابك عني هذه السنة؟

فحكيتُ لها. فلمَّا علمت أني تزوجت اصفر لونها، ثم قلت لها:

- إني أتيتك هذه الليلة وأذهب قبل الصباح.

فقالت:
- أما كفاها أنها تزوجت بك، وعملت عليك حيلة، وحبستك عندها سنة كاملة، حتى حلفتك بالطلاق أن تعود إليها قبل الصباح، ولم تسمح لك بأن تتفسح عند أمك، ولا عندي، ولم يهُن عليها أن تبيت عند إحدانا ليلة واحدة؛ فكيف حال من غبت عنها سنة كاملة وقد عرفتك قبلها؟ ولكن رحم الله عزيزة؛ فإنها جرى لها ما لم يجرِ لأحد، وصبرت على شيء لم يصبر عليه مثلها، وماتت مقهورة منك، وهي التي حمتك مني، وكنت أظنك تجيء فأطلقت سبيلك، مع أني كنت أقدر على حبسك وهلاكك.

ثم بكت، واغتاظت، ونظرت إليَّ بعين الغضب. فلمَّا رأيتها على تلك الحالة ارتعدت فرائصي، وخفت منها، وصرت مثل الفولة على النار، ثم قالت لي:
- ما بقي فيك فائد بعدما تزوجت وصار لك ولد، فأنت لا تصلح لعشرتي؛ لأنه لا ينفعني إلا الأعزب.. أما الرجل المتزوج فإنه لا ينفعني، وقد بعتني بتلك العاهرة، واللهِ لأحسرّنها عليك، وتصير لي وليس لها.

ثم صاحت؛ فما أدري إلا وعشر جوارٍ آتين ورمينني على الأرض، فلما وقعت تحت أيديهن قامت هي وأخذت سكينًا، وقالت:
- لأذبحنك ذبح التيوس، ويكون هذا أقل جزائك على ما فعلت مع ابنة عمك.

فلما نظرت إلى روحي وأنا تحت جواريها، وتعفر خدي بالتراب، ورأيت السكين في يدها تحققت الموت، ثم استغثت بها؛ فلم تزدد إلا قسوة، وأمرتهن بأن يكتفنني فكتفنني، ورمينني على ظهري، وجلسن على بطني، وأمسكن رأسي، وقامت جاريتان فأمرتهما بأن يضرباني فضرباني حتى أغمي عليَّ، وخفي صوتي، فلما استفقت قلت في نفسي: إن موتي مذبوحًا أهون عليَّ من هذا الضرب، وتذكرت كلمة ابنة عمي حيث قالت:
- كفاك الله تعالى شرها.

فصرخت، وبكيت، حتى انقطع صوتي، ثم سنت السكين، وقالت للجواري:
- اكشفن عنه.

فألهمني الله تعالى أن أقول الكلمتين اللتين أوصتني بهما ابنة عمي، وهما :**الوفاء مليح والغدر قبيح**؛ فلما سمعت ذلك صاحت، وقالت:
- رحمك الله يا عزيزة، سلامة شبابك، نفعت ابن عمك في حياتك وبعد موتك.

ثم قالت لي:
- والله إنك خلصت من يدي بواسطة هاتين الكلمتين، لكن لا بد أن أعمل فيك أثرًا لنكاية تلك العاهرة التي حجبتك عني.

ثم صاحت على الجواري، وقالت لهن:

- اركبن عليه.

وأمرتهن بأن يربطن رجلي بالحبال ففعلن ذلك، ثم قامت من عندي وركبت طاجنًا من نُحاس على النار، وصبت فيه سيرجًا، وقَلت فيه جُبنًا وأنا غائب عن الدنيا. ثم جاءت عندي وحلت لباسي وربطت محاشمي وناولته الجاريتين، وقالت لهما:

- جروا الحبل.

فجرتاه فصرت من شدة الألم في دنيا غير هذه الدنيا، ثم رفعت يدها وقطعت ذكري بموسى، وبقيت مثل المرأة، ثم كوت موضع القطع، وكبسته بذرور وأنا مغمى عليَّ.

فلما أفقت كان الدم قد انقطع فأسقتني قدحًا من الشراب، ثم قالت لي:

- اذهب الآن لمن تزوجت بها، وبخلت عليَّ بليلة واحدة، رحم الله ابنة عمك التي هي سبب نجاتك، ولولا أنك أسمعتني كلمتيها لكنت ذبحتك، فاذهب في هذه الساعة لمن تشتهي، وأنا ما كان لي عندك سوى ما قطعته، والآن ما بقي لي فيك رغبة ولا حاجة لي بك، فقم، وملس على رأسك، وترحم على ابنة عمك.

ثم رفستني برجلها، فقمت وما قدرت أن أمشي فتمشيت قليلًا قليلًا، حتى وصلت إلى الباب فوجدته مفتوحًا فرميت نفسي فيه، وأنا غائب عن الوجود؛ فإذا بزوجتي خرجت، وحملتني، وأدخلتني القاعة، فوجدتني مثل المرأة، فنمت واستغرقت في النوم، فلما صحوت وجدت نفسي مرميًّا على باب البستان، فقمت وأنا أتضجر، وتمشيت حتى أتيت إلى بيتي فدخلت فيه، فوجدت أمي تبكي عليَّ، وتقول:

- يا هل تُرَى يا ولدي أنت في أي أرض؟

فدنوت منها، ورميت نفسي عليها، فلما نظرت إليَّ، ورأتني على غير استواء، وصار على وجهي الاصفرار والسواد، ثم تذكرت ابنة عمي، وما فعلت معي من المعروف، وتحققت أنها كانت تحبني فبكيت عليها وبكت أمي، ثم قالت لي:

- ولدي، إن والدك قد مات.

فازددت غيظًا، وبكيت حتى أغمي عليَّ. فلما أفقت نظرت إلى موضع ابنة عمي التي كانت تقعد فيه فبكيت ثانيًا حتى أغمي عليَّ من شدة البكاء، وما زلت في بكاء ونحيب إلى نصف الليل، فقالت لي أمي:

- إن لوالدك عشرة أيام وهو ميت.

فقلت لها:

- أنا لا أفكر في أحد أبدًا غير ابنة عمي؛ لأني أستحق ما حصل لي؛ حيث أهملتها وهي تحبني.
فقالت:
- وما حصل لك؟
فحكيت لها ما حصل لي، فبكت ساعة، ثم قامت وأحضرت لي شيئًا من المأكول فأكلت قليلًا، وشربت، وأعدت لها قصتي، وأخبرتها بكل ما وقع لي، فقالت:
- الحمد لله حيث جرى لك هذا، وما ذبحتك.
ثم إنها عالجتني وداوتني حتى برئت وتكاملت عافيتي، فقالت لي:
- يا ولدي، الآن أخرج لك الوديعة التي أودعتها ابنة عمك عندي فإنها لك، وقد حلفتني أني لا أخرجها لك حتى أراك تتذكرها، وتحزن عليها، وتقطع علائقك من غيرها، والآن رجوت فيك هذه الخصال.
ثم قامت وفتحت صندوقًا، وأخرجت منه هذه الخرقة التي فيها صورة هذا الغزال، وهي التي وهبتها لها أولًا، فلما أخذتها وجدت مكتوبًا فيها هذه الأبيات:

أقمتم عيوني في الهوى وأقعدتم وأسجرتموا جفني القريح ونمتم
وقد حلمتوا بين الفؤاد وناظري فلا القلب يسلوكم ولو ذاب منكم
وعاهدتموني أنكم كاتمو الهوى فأغراكم الواشي وقال وقلتم
فبالله إخواني إذا مت فاكتبوا على لوح قبري إن هذا متيم

فلما قرأت هذه الأبيات بكيت بكاءً شديدًا، ولطمت على وجهي، وفتحت الرقعة فوقعت منها ورقة أخرى ففتحتها فإذا مكتوب فيها:
- اعلم يا ابن عمي أني جعلتك في حِلٍّ من دمي، وأرجو الله تعالى أن يوفق بينك وبين من تحب، ولكن إذا أصابك شيء من دليلة المحتالة أو ابنتها فلا ترجع إليها ولا لغيرها. وبعد ذلك فاصبر على بليتك، ولولا أجلك المحتم لهلكت من الزمان الماضي، ولكن الحمد لله الذي جعل يومي قبل يومك، وسلامي عليك، واحتفظ بهذه الخرقة التي فيها صورة الغزال ولا تفرط فيها؛ فإن تلك الصورة كانت تؤانسني إذا غبت عني.

الباب الثامن

ثم قال عزيز لتاج الملوك أنه أتمم قراء الورقة التي كتبتها ابنة عمه، حيث كتبت:
- إن قدرت على من صورت هذه الصورة فينبغي أنك تتباعد عنها ولا تخلها تقرب منك، ولا تتزوج بها، وإن لم تقدر عليها ولا تجد لك إليها سبيلًا فلا تقرب واحدة من النساء بعد، واعلم أن التي صورت هذه الصورة تصور في كل سنة صورة مثلها، وترسلها إلى أقصى البلاد لأجل أن يشيع خبرها، وحسن صنعتها التي يعجز عنها أهل الأرض، أما محبوبتك بنت الدليلة المحتالة فإنها لما وصلت إليها هذه الخرقة التي فيها صورة الغزال صارت تريها للناس، وتقول لهم: إن لي أختًا تصنع هذا، مع أنها كاذبة في قولها، هتك الله سترها، وما أوصيتك بهذه الوصية إلا لأنني أعلم أن الدنيا قد تضيق عليك بعد موتي، وربما تتغرب بسبب ذلك، وتطوف البلاد، وتتعلق بصاحبة هذه الصورة فتتشوق نفسك إلى معرفتها، واعلم أن الصبية التي صورت هذه الصورة بنت ملك جزائر الكافور.
فلما قرأت تلك الورقة، وفهمت ما فيها، بكيت وبكت أمي لبكائي، وما زلت أنظر إليها وأبكي، إلى أن أقبل الليل ولم أزل على تلك الحالة مدة سنة، وبعد السنة تجهز تجار من مدينتي إلى السفر، وهم هؤلاء الذين أنا معهم في القافلة، فأشارت عليَّ أمي أن أتجهز وأسافر معهم، وقالت لي:
- لعل السفر يُذهب ما بك من هذا الحزن، وتغيب سنة أو سنتين أو ثلاثًا حتى تعود القافلة؛ فلعل صدرك ينشرح.
وما زالت تلاطفني بالكلام حتى جهزت متجرًا وسافرت معهم، وأنا لم تنشف لي دمعة مدة سفري، وفي كل منزلة ننزل بها أنشر هذه الخرقة قدامي، وأنظر إلى هذه الصورة؛ فأتذكر ابنة عمي، وأبكي عليها كما تراني؛ فإنها كانت تحبني محبة زائدة، وقد ماتت مقهورة مني، وما فعلت معها إلا الضرر، مع أنها لم تفعل معي إلا الخير، ومتى رجع التجار من سفرهم أرجع معهم، وتكمل مدة غيابي سنة، وأنا في حزن زائد، وما زاد همي وحزني إلا لأني جزت على جزائر الكافور، وقلعة البلور، وهي سبع جزائر، والحاكم عليهم ملك يُقال له شهرمان، وله بنت يُقال لها دنيا، فقيل لي إنها هي التي تصور صورة الغزلان، وهذه الصورة التي معك من جملة تصويرها.

فلمَّا علمت ذلك زادت بي الأشواق، وغرقت في بحر الفكر والاحتراق، فبكيت على روحي؛ لأني صرت مثل الطواشي ليس عندي ذكر، ولم تبق لي آلة مثل الرجال، ولا حيلة لي، ومن يوم فراقي لجزائر الكافور، وأنا باكي العين، حزين القلب، ولي مدة على هذا الحال، وما أدري هل يمكنني أن أرجع إلى بلدي وأموت عند والدتي أم لا؟ وقد شبعت من الدنيا.

ثم بكى وأن واشتكي، ونظر إلى صورة الغزال وجرى دمعه على خده وسال، وأنشد هذين البيتين:

وقائل قال لي لا بد من فرج فقلت للغيظ كم لا بد من فرج

فقال لي بعد حين قلت يا عجبي من يضمن العمر لي يا بارد الحجج

ولما أتم الأبيات قال لتاج الملوك:

- وهذه حكايتي أيها الملك.

فلمَّا سمع تاج الملوك قصة الشاب تعجب غاية العجب، وانطلقت من فؤاده النيران حين سمع بجمال السيدة دنيا، ثم قال للشاب:

- واللهِ، لقد جرى لك شيء ما جرى لأحد مثله، ولكن هذا تقدير ربك، وقصدي أن أسألك عن شيء.

فقال عزيز:

- وما هو؟

فقال:

- تصف لي كيف رأيت تلك الصبية التي صورت الغزال.

فقال:

- يا مولاي، إني توصلت إليها بحيلة، وهو أني لما دخلت مع القافلة بلادها كنت أخرج وأدور في البساتين، وهي كثيرة الأشجار، وحارس البساتين شيخ طاعن في السن.

فقلت له:

- لمن هذا البستان؟

فقال لي:

- لابنة الملك، وتفرج في البستان؛ فتشم رائحة الأزهار.

فقلت له:

- أنعم عليَّ بأن أقعد في هذا حتى تمر علي أحظى منها بنظرة.

فقال الشيخ:

- لا بأس بذلك.

فلما قال ذلك أعطيته بعض الدراهم، وقلت له:

- اشترِ لنا شيئًا نأكله.
ففرح بأخذ الدراهم، وفتح الباب، وأدخلني معه، وسرنا وما زلنا سائريْنِ إلى أن وصلنا إلى مكان لطيف، وأحضر لي شيئًا من الفواكه اللطيفة، وقال لي:
- اجلس هنا حتى أذهب وأعود إليك.
وتركني ومضى، فغاب ساعة، ثم رجع ومعه خروف مشوي، فأكلنا حتى اكتفينا، وقلبي مشتاق لرؤية الصبية، فبينما نحن جالسان إذا بالباب قد انفتح، فقال لي:
- قم اختفِ.
واختفيت فإذا بطواشي أسود أخرج رأسه من الباب، وقال:
- يا شيخ باب البستان.
وإذا بالسيدة دنيا طلعت من الباب فلما رأيتها ظننت أن القمر نزل في الأرض؛ فاندهش عقلي، وصرت مشتاقًا إليها كاشتياق الظمآن للماء، وبعد ساعة أغلقت الباب، ومضت. وعند ذلك خرجت أنا من البستان، وقصدتُ بيتي، وعرفت أنني لا أصل إليها، ولا أنا من رجالها خصوصًا وقد صرتُ مثل المرأة، فقلت في نفسي:
- إن هذه ابنة الملك، وأنا تاجر؛ فمن أين لي أن أصل إليها؟
فلما تجهز أصحابي للرحيل تجهزت أنا وسافرت معهم، وهم قاصدون هذه المدينة، فلما وصلنا إلى هذا الطريق اجتمعنا بك، وهذه حكايتي، وما جرى لي والسلام.
فلما سمع تاج الملوك هذا الكلام اشتغل قلبه بحب السيدة دنيا، ثم ركب جواده، وأخذ معه عزيزًا، وتوجه به إلى مدينة أبيه، وأفرد له دارًا، ووضع له فيها كل ما يحتاج إليه، ثم تركه ومضى ودموعه جارية على خديه؛ لأن السماع يحل محل النظر والاجتماع، وما زال تاج الملوك على تلك الحالة حتى دخل عليه أبوه، فوجده متغير اللون؛ فعلم أنه مهموم ومغموم، فقال له:
- يا ولدي، أخبرني عن حالك، وما جرى لك حتى تغير لونك.
فأخبره بكل ما جرى له من قصة دنيا من أولها إلى آخرها، وكيف عشقها على السماع، ولم ينظرها بالعين، فقال:
- يا ولدي، إن أباها ملك وبلاده بعيدة عنا، فدع عنك هذا، وادخل قصر أمك فإن فيه خمسمائة جارية كالأقمار، فمن أعجبتك منهن فخذها، وإن لم تعجبك منهن نخطب بنتًا من بنات الملوك تكون أحسن من السيدة دنيا.

فقال له:

- يا والدي، لا أريد غيرها، وهي التي صورت صورة الغزال التي رأيتها فلا بد منها، وإلا أهج في البراري، واقتل روحي بسببها.

فقال له:

- يا ولدي، أمهلني حتى أرسل إلى أبيها وأخطبها منه، وأبلغك المرام مثلما فعلت لنفسي مع أمك، وإن لم يرضَ زلزلت عليه مملكته، وجررت عليه جيشًا يكون آخره عندي وأوله عنده.

ثم دعا الشاب عزيزًا، وقال:

- يا ولدي، هل أنت تعرف الطريق؟

قال:

- نعم.

قال له:

- أشتهي منك أن تسافر مع وزيري،

فقال له:

- سمعًا وطاعةً.

ثم جهز عزيزًا مع وزيره، وأعطاهم الهدايا فسافرا أيامًا ولياليَ إلى أن أشرفوا على جزائر الكافور، فأقاموا على شاطئ نهر، وأنفذ الوزير رسولًا من عنده إلى الملك ليخبره بقدومهم، وبعد ذهاب الرسول بنصف يوم لم يشعر إلا وحُجاب الملك وأمراؤه قد أقبلوا عليهم ولاقوهم من مسيرة فرسخ، فنقلوهم وساروا في خدمتهم إلى أن دخلوا بهم على الملك، فقدموا له الهدايا، وأقاموا عنده أربعة أيام، وفي اليوم الخامس قام الوزير ودخل على الملك، ووقف بين يديه، وحدثه بحديثه، وأخبره بسبب مجيئه فصار الملك حائرًا في رد الجواب؛ لأن ابنته لا تحب الزواج، وأطرق برأسه إلى الأرض ساعة، ثم رفع رأسه إلى بعض الخدام، وقال له:

- اذهب إلى سيدتك دنيا وأخبرها بما سمعت، وبما جاء به هذا الوزير.

فقام الخادم وغاب ساعة، ثم عاد إلى الملك، وقال له:

- يا ملك الزمان، لما دخلت على السيدة دنيا أخبرتها بما سمعت فغضبت غضبًا شديدًا، ونهضت عليَّ بمسوقة، وأرادت كسر رأسي ففررت منها هاربًا.

وقالت لي:

- إن كان يغصبني على الزواج فالذي أتزوج به أقتله.

فقال أبوها للوزير وعزيز:

- سلّما على الملك، وأخبراه بذلك، وإن ابنتي لا تحب الزواج.

الباب التاسع

عند ذلك رجع الوزير ومن معه من غير فائدة، وما زالوا مسافرين إلى أن دخلوا على الملك وأخبروه، وعند ذلك أمر النقباء بأن ينبهوا العسكر إلى السفر من أجل الحرب والجهاد، فقال له الوزير:

- لا تفعل ذلك، فالملك لا ذنب له، وإنما الامتناع من ابنته، فإنها حين علمت بذلك أرسلت تقول: إن غصبني على الزواج أقتل من أتزوج به وأقتل نفسي بعده.

فلما سمع الملك كلام الوزير خاف على ولده تاج الملوك، وقال:

- إن حاربت أباها وظفرت بابنته قتلت نفسها، ثم إن الملك أعلم ابنه تاج الملوك بحقيقة الأمر، فلما علم بذلك قال لأبيه:

- يا والدي، أنا لا أطيق الصبر عنها فأنا أذهب إليها، وأتسبب في اتصالي بها ولو أموت، ولا أفعل غير هذا.

فقال له أبوه:

- وكيف تذهب؟

فقال:

- أذهب في صفة تاجر.

فقال الملك:

- إن كان ولا بد فخذ معك الوزير وعزيزًا، ثم أخرج شيئًا من خزانته، وهيأ له متجرًا بمائة ألف دينار، واتفقا معه على ذلك.

فلما جاء الليل ذهب تاج الملوك وعزيز إلى منزل الوزير، وباتا هناك تلك الليلة، وصار تاج الملوك مسلوب الفؤاد، ولم يطب له أكل ولا رِقاد، بل هجمت عليه الفِكَر، وغرق منها في بحار، وهزه الشوق إلى محبوبته؛ فأفاض دمع العين، وأنشد هذين البيتين:

ترى هل لنا بعد البعاد وصول فأشكو إليكم صبوتي وأقول

تذكرتكم والليل ناء صباحه وأسهرتموني والأنام غفول

فلما فرغ من شعره بكى بكاءً شديدًا، وبكا معه عزيز، وتذكر ابنة عمه، وما زالا يبكيان إلى أن أصبح الصباح، ثم قام تاج الملوك ودخل على والدته، وهو لابس أهبة السفر، فسألته عن حاله فأخبرها بحقيقة الأمر، فأعطته خمسين ألف دينار، ثم ودعته وخرج من عندها، ودعت له بالسلامة، والاجتماع بالأحباب، ثم دخل على والده واستأذنه أن يرحل، فأذِن له وأعطاه

خمسين ألف دينار، وأمر أن تضرب له خيمة، وأقاموا فيها يومين، ثم سافروا، واستأنس تاج الملوك بعزيز، وقال له:

- يا أخي، أنا لم أعد أطيق أن أفارقك.

فقال عزيز:

- وأنا الآخر كذلك، وأحب أن أموت تحت رجليك، ولكن يا أخي قلبي اشتغل بوالدتي.

فقال له تاج الملوك:

- لما نبلغ المرام لا يكون إلا خيرًا..

وكان الوزير قد وصى تاج الملوك بالاصطبار، وصار عزيز ينشد له الأشعار، ويحدثه بالتواريخ، والأخبار، ولم يزالوا سائرين بالليل والنهار مدة شهرين، فطالت الطريق على تاج الملوك، واشتد عليه الغرام، وزاد به الوجد والهيام، فلما قربوا من المدينة فرح تاج الملوك غاية الفرح، وزال عنه الهم والترح، ثم دخلوها وما زالوا سائرين إلى أن وصلوا إلى سوق البر.

فلما رأى التجار تاج الملوك وشاهدوا حُسنه وجماله؛ تحيرت عقولهم، وأخذوا يقولون:

- هل رضوان فتح أبواب الجنان وسها عنها؛ فخرج هذا الشاب بديع الحسن.

وأحدهم قال:

- لعل هذا من الملائكة.

فلما دخلوا عند التجار سألوا عن دكان شيخ السوق فدلوهم عليه، فتوجهوا إليه، فلما قربوا قام إليهم هو ومن معه من التجار، وعظموهم، خصوصًا الوزير الأجل، فإنهم رأوه رجلًا كبيرًا مهابًا، ومعه تاج الملوك وعزيز، فقال التجار لبعضهم:

- لا شك أن هذا الشيخ والد هذين الغلامين، فقال الوزير:

- من شيخ فيكم؟

فقالوا:

- ها هو.

فنظر إليه الوزير، وتأمله فرآه رجلًا كبيرًا ذا هيبة ووقار، وخدم، وغِلمان، ثم حياهم شيخ السوق تحية الأحباب، وبالغ في إكرامهم، وأجلسهم بجواره، وقال لهم:

- هل لكم حاجة نفوز بقضائها؟

فقال الوزير:

- نعم، إني رجل كبير طاعن في السن، ومعي هذان الغلامان، وسافرت بهما سائر الأقاليم والبلاد، وما دخلت بلدة إلا أقمت بها سنة كاملة؛ حتى يتفرجا عليها، ويعرفها أهلها، وإني قد أتيت بلدكم هذا، واخترت المقام فيه، وأشتهي منك دكانًا تكون من أحسن المواضع حتى أجلسهما فيها ليتاجرا أو يتفرجا على هذه المدينة، ويتخلقا بأخلاق أهلها، ويتعلما البيع، والشراء، والأخذ، والعطاء.

فقال شيخ السوق:

- لا بأس بذلك.

ثم نظر إلى الولدين، وفرح بهما، وأحبهما حبًّا زائدًا، وكان شيخ السوق مغرمًا بفاتك اللحظات عليه حب البنين على البنات، ويميل إلى الحموضة، فقال في نفسه:

- سبحان خالقهما ومصورهما من ماء مَهين.

ثم هبَّ واقفًا في خدمتهما؛ كالغلام بين أيديهما، بعد ذلك سعى وهيأ لهما الدكان، وكانت في وسط السوق، ولم يكن أكبر منها ولا أوجه منها عندهم؛ لأنها كانت متسعة مزخرفة، فيها رفوف من عاج وأبنوس، ثم سلم المفاتيح للوزير، وهو في صفة تاجر، وقال:

- جعلها الله تعالى مباركة على ولديك.

فلما أخذ الوزير مفاتيح الدكان توجه إليها هو والغلامان، ووضعوا فيها أمتعتهم، وأمر غلمانهم أن ينقلوا إليها كل ما عندهم من البضائع والقماش، وكان ذلك يساوي خزائن مال فنقلوا كل ذلك إلى الدكان، وباتوا تلك الليلة، فلما أصبح الصباح أخذهما الوزير، ودخل بهما الحمام، فلما دخلوا الحمام تنظفوا، وأخذوا غاية حظهم، وكان كل من الغلامين ذا جمال باهر؛ فصارا في الحمام على قول الشاعر:

بشرى لقيته إذ لامست يده جسمًا تولد بين الماء والنور

ما زال يظفر لطفًا من صناعته حتى جنى المسك من تمثال كافور

ثم خرجا من الحمام، وكان شيخ السوق لما سمع بدخولهما الحمام قعد في انتظار هما؛ فإذا بهما قد أقبلا وهما كالغزالين، وقد احمرت خدودهما، واسودت عيونهما، ولمعت أبدانهما حتى كأنهما غصنان مثمران أو قمران زاهيان، فقال لهما:

- يا أولادي، حمامكم نعيم دائم.

فقال تاج الملوك بأعذب كلام:

- ليتك كنت معنا.

ثم قبَّل الاثنان يديه، ومشيا قدامه حتى وصلا إلى الدكان؛ تعظيمًا له لأنه كبير السوق، وقد أحسن إليهما بإعطائهما الدكان، فلما رأى أردافهما في ارتجاج؛ زاد به الوجد، وهاج، وشخر، ونخر، ولم يبق مصطبرًا فأحدق بهما العينين وأنشد هذين البيتين:

يطالع القلب باب الاختصاص به وليس يقرأ فيه مبحث الشركه

لا غرو في كونه يرتج من قول فكم لذا الفلك الدوار من حركه

فلما سمعا هذا الشعر أقسما عليه أن يدخل الحمام ثانيًا، وكانا قد تركا الوزير داخل الحمام، فلما دخل شيخ السوق إلى الحمام ثاني مرة سمع الوزير بدخوله، فخرج إليه من الخلوة، واجتمع به في وسط الحمام، وعزم عليه فامتنع، فأمسك بإحدى يديه تاج الملوك وبيده الأخرى عزيزًا ودخلا به أخرى، فانقاد لهما الشيخ الخبيث فحلف تاج الملوك ألا يحميه غيره، وحلف عزيز ألا يصب عليه الماء غيره، فقال له الوزير:

- إنهما أولادك.

فقال شيخ السوق:

- أبقاهما الله تعالى لك، لقد حلت في مدينتنا البركة والسعود بقدومكم، وقدوم أتباعكم، ثم أنشد هذين البيتين:

أقبلت فاخضرت لدينا الربا وقد زهت بالزهر للمجتلى

ونادت الأرض ومن فوقها أهلًا وسهلًا بك من مقبل

فشكروه على ذلك، وما زال تاج الملوك يحميه، وعزيز يصب عليه الماء، وهو يظن روحه في الجنة حتى أتما خدمته، فدعا لهما، وجلس جنب الوزير على أنه يتحدث معه، ولكن معظم قصده النظر إلى تاج الملوك وعزيز، ثم بعد ذلك جاء لهم الغلمان بالمناشف فتنشفوا، ولبسوا حوائجهم، ثم خرجوا من الحمام فأقبل الوزير على شيخ السوق وقال له:

- يا سيدي، إن الحمام نعيم الدنيا.

فقال شيخ السوق:

- جعله الله تعالى لك ولأولادك عافية، وكفاهما الله تعالى شر العين؛ فهل تحفظون شيئًا مما قاله البلغاء في الحمام؟

فقال تاج الملوك:

- أنا أنشد لك بيتين:

إن عيش الحمام أطيب عيش غير أن المقام فيه قليل

جنة تكره الإقامة فيها وجحيم يهيب فيها الدخول

فلما فرغ تاج الملوك من شعره، قال عزيز:

- وأنا أحفظ في الحمام شيئًا.
فقال شيخ السوق:
- أسمعني إياه؛
فأنشد هذين البيتين:

وبيت له من جامد الصخر أزهار أنيق إذا أضرمت حوله النار
تراه جحيمًا وهو في الحق جنة وأكثر ما فيها شموس وأقمار

فلما فرغ عزيز من شعره تعجب شيخ السوق من شعرهما، وفصاحتهما، وقال لهما:
- واللهِ لقد حُزتما الفصاحة والملاحة فاسمعا أنتما مني، ثم أطرب بالنغمات، وأنشد هذه الأبيات:

يا حسن نار والنعيم عذابها تحيا بها الأرواح والأبدان
فأعجبت لبيت لا يزال نعيمه غضًّا وتوقد تحته النيران
عيش السرور إن ألم به وقد سفحت عليه دموعها الغدران

فلما سمعوا ذلك تعجبوا من هذه الأبيات، ثم عزم عليهم شيخ السوق فامتنعوا ومضوا إلى بيتهم؛ ليستريحوا من تعب الحمام، ثم أكلوا وشربوا، وباتوا تلك الليلة، في أتم ما يكون من الحظ والسرور، فلما أصبح الصباح قاموا من نومهم، وتوضأوا، وصلوا فرضهم وأصبحوا. ولما طلع النهار وفُتحت الدكاكين والأسواق خرجوا من البيت، وتوجهوا إلى السوق، وفتحوا الدكان، وكان الغلمان قد هيأوها أحسن هيئة، وفرشوها بالبساط الحرير، ووضعوا فيها مرتبتين؛ كل واحدة منهما تساوي مائة دينار، وجعلوا فوق كل مرتبة نطفًا ملوكيًّا دائره من الذهب؛ فجلس تاج الملوك على مرتبة وجلس عزيز على الأخرى، والوزير في وسط الدكان، ووقف الغلمان بين أيديهم، وتسامعت بهم الناس؛ فازدحموا عليهم، وباعوا بعض أقمشتهم، وشاع ذكر تاج الملوك في المدينة، واشتهر فيها خبر حُسنه وجماله، ثم أقاموا على ذلك أيامًا، وفي كل يوم يهرع الناس إليهم، فأقبل الوزير على تاج الملوك، وأوصاه بكتمان أمره، وأوصى عليه عزيز، ومضى إلى الدار؛ ليدير أمرًا يعود نفعه عليهم، وصار تاج الملوك وعزيز يتحدثان، وصار تاج الملوك يقول:
- عسى أن يجيء أحد من عند السيدة دنيا.
وما زال على ذلك أيامًا ولياليَ وهو لا ينام، وقد تمكن منه الغرام، وزاد به النحول والأسقام، حتى حرم لذيذ المنام، وامتنع عن الشراب والطعام، وكان كالبدر في تمامه؛ فبينما تاج الملوك جالس إذا بعجوز أقبلت عليه، وتقدمت

إليه وخلفها جاريتان، وما زالت ماشية حتى وقفت على دكان تاج الملوك فرأت قده واعتداله وحُسنه وجماله؛ فتعجبت من ملاحته ورشحت في سراويلها، ثم قالت:

- سبحان من خلقك من ماء مهين! سبحان من جعلك فتنة للعالمين!

ولم تزل تتأمل فيه، وتقول:

- ما هذا بشرًا إن هذا إلا ملك كريم..

ثم دنت منه، وسلمت عليه فرد عليها السلام، وقام لها واقفًا على قدميه، وابتسم في وجهها، هذا كله بإشارة عزيز، ثم أجلسها إلى جانبه، وصار يروح عليها إلى أن استراحت، ثم قالت العجوز لتاج الملوك:

- يا ولدي، يا كامل الأوصاف والمعاني، هل أنت من هذه الديار؟

فقال بكلام فصيح عذب مليح:

- واللهِ يا سيدتي عمري ما دخلت هذه الديار إلا هذه المرة، ولا أقمت فيها إلا على سبيل الفرجة.

فقالت:

- لك الإكرام من قادم على الرحب والسعة، ما الذي جئت به معك من القماش؟ أرني شيئًا مليحًا فإن المليح لا يحمل إلا المليح.

فلما سمع تاج الملوك كلامها خفق قلبه، ولم يفهم معنى كلامها؛ فغمزه عزيز بالإشارة، فقال لها تاج الملوك:

- عندي كل ما تشتهين من الشيء الذي لا يصلح إلا للملوك وبنات الملوك، فلمن تريدين حتى أقلب عليك ما يصلح لأربابه؟

وأراد بذلك الكلام أن يفهم معنى كلامها، فقالت له:

- أريد قماشًا يصلح للسيدة دنيا بنت الملك شهرمان.

فلما سمع تاج الملوك ذكر محبوبته فرح فرحًا شديدًا، وقال لعزيز:

- آتني بأفخر ما عندك من البضاعة.

فأتاه عزيز ببقجة وحلها بين يديه، فقال لها تاج الملوك:

- اختاري ما يصلح لها؛ فإن هذا الشيء لا يوجد عند غيري.

فاختارت العجوز شيئًا يساوي ألف دينار، وقالت:

- بكَم هذا؟

وصارت تحك بين أفخاذها بكلية يدها فقال لها:

- وهل أساوم مثلك في هذا الشيء الحقير؟ الحمد لله الذي عرفني بك.

فقالت له العجوز:

- أعوذ وجهك المليح برب الفلق، إن وجهك مليح، وفعلك مليح، هنيئًا لمن تحظى بوجهك الصبوح، وخصوصًا إذا كانت ذات حُسن مثلك.
فضحك تاج الملوك حتى استلقى على قفاه، ثم قال:
- يا قاضي الحاجات على أيدي العجائز الفاجرات.
فقالت:
- يا ولدي، ما اسمك؟
قال:
- اسمي تاج الملوك.
فقالت:
- إن هذا الاسم من أسماء الملوك، ولكنك في زي التجار.
فقال لها عزيز:
- من محبته عند أهله، ومعزته عليهم سموه هذا الاسم.
فقالت العجوز:
- صدقت، كفاكم الله تعالى شر الحُساد، ولو فتنت بمحاسنكم الأكباد.
ثم أخذت القماش ومضت وهي باهتة من حُسنه وجماله، وقده واعتداله، ولم تزل ماشية حتى دخلت على السيدة دنيا، وقالت لها:
- يا سيدتي، جئت لك بقُماش مليح. ها هو فقبليه وانظريه.
فلما رأته السيدة دنيا قالت لها:
- يا دادتي، إن هذا قماش مليح ما رأيته في مدينتنا.
فقالت العجوز:
- يا سيدتي، إن بائعه أحسن منه؛ كأن رضوان فتح أبواب الجنان وسها فخرج منها التاجر الذي يبيع هذا القماش، وأنا أشتهي في هذه الليلة أن يكون عندك؛ فإنه فتنة لمن يراه، وقد جاء مدينتنا بهذه الأقمشة لأجل الفرجة.
فضحكت السيدة دنيا من كلام العجوز، وقالت:
- أخزاكِ الله يا عجوز النحس، إنك خرفت ولم يبقَ لك عقل. هاتي القماش حتى أبصره جيدًا.
فناولتها إياه، فنظرته ثانيًا، وتعجبت من حُسن ذلك القماش؛ لأنها ما رأت في عمرها مثله، فقالت لها العجوز:
- يا سيدتي، لو رأيتِ صاحبه لعرفت أنه أحسن ما يكون على وجه الأرض.
فقالت لها السيدة دنيا:
- هل سألتِه إن كان له حاجة يُعلمنا بها فنقضيها له؟
فقالت العجوز وقد هزت رأسها:

- حفظ الله تعالى فراستك، واللهِ إن له حاجة، وهل أحد يخلو من حاجة؟
فقالت لها السيدة دنيا:
- اذهبي إليه وسلمي عليه، وقولي له:
- شرفت بقدومك مدينتنا، ومهما كان لك من الحوائج قضيناه لك على الرأس والعين.
فرجعت العجوز إلى تاج الملوك في التوِّ، فلما رآها طار قلبه من الفرح، وهبَّ لها واقفًا على قدميه، وأخذ يدها، وأجلسها إلى جانبه، فلما جلست واستراحت أخبرته بما قالته السيدة دنيا، فلما سمع ذلك فرح غاية الفرح، وانشرح صدره، وقال في نفسه:
- قد قضيت حاجتي.
ثم قال للعجوز:
- لعلك توصلين إليها كتابًا من عندي وتأتيني بالجواب.
فقالت:
- سمعًا وطاعةً.
فلما سمع ذلك منها قال لعزيز:
- ائتني بدواة، وقرطاس، وقلم من نُحاس.
فلما أتاه بهذه الأدوات كتب هذه الأبيات:

كتبت إليك يا سؤلي كتابًا بما ألقاه من ألم الفراق
فأول ما أسطر نار قلبي وثانيه غرامي واشتياقي
وثالثه مضى عمري وصبري ورابعه جميع الوجد باقي
وخامسه متى عيني تراكم وسادسه متى يوم التلاقي

ثم كتب في إمضائه: إن هذا الكتاب من أسير الأشواق المسجون في سجن الاشتياق الذي ليس له إطلاق إلا بالوصال، ولو بطيف الخيال؛ لأنه يقاسي أليم العذاب من فراق الأحباب، ثم أفاض دمع العين، وكتب هذين البيتين:

كتبت إليك والعبرات تجري ودمع العين ليس له انقطاع
ولست ببائس من فضل ربي عسى يوم يكون به اجتماع

ثم طوى الكتاب، وختمه، وأعطى العجوز إياه، وقال:
- أوصليه إلى السيدة دنيا.
فقالت:
- سمعًا وطاعةً.
ثم أعطاها ألف دينار، وقال:
- اقبلي مني هذه الهدية.

فأخذتها وانصرفت داعيةً له، ولم تزل ماشية حتى دخلت على السيدة دنيا

فلما رأتها قالت:

- يا دادتي، أي شيء طالب من الحوائج حتى نقضيها له؟

فقالت لها:

- يا سيدتي، قد أرسل معي كتابًا ولا أعلم بما فيه.

أخذت السيدة دنيا الكتاب وقرأته وفهمت معناه، ثم قالت:

- من أين إلى أين حتى يراسلني هذا التاجر ويكاتبني؟

ثم لطمت وجهها، وقالت:

- رلولا خوفي من الله تعالى لصلبته على دكانه.

فقالت العجوز:

- وأي شيء في هذا الكتاب حتى أزعج قلبك؟ هل فيه شكاية مظلمة أو فيه ثمن القماش؟

فقالت لها:

- ويلك ما فيه ذلك، وما فيه إلا عشق ومحبة، وهذا كله منك وإلا فمن أي يتوصل هذا الشيطان إلى هذا الكلام؟

فقالت لها العجوز:

- يا سيدتي، أنتِ قاعدة في قصرك العالي، وما يصل إليك أحد، ولا الطير الطائر، سلامتك من اللوم والعتاب، وما عليك من نباح الكلاب، فلا تؤاخذيني حيث أتيتك بهذا الكتاب، ولكن الرأي عندي أن تردي إليه جوابًا وتهدديه فيه بالقتل، وتنهيه عن هذا الهذيان، فإنه ينتهي ولا يعود إلى فِعلته.

فقالت السيدة دنيا:

- أخاف أن أكاتبه فيطمع.

فقالت العجوز:

- إذا سمع التهديد والوعيد رجع عما هو عليه.

فقالت:

- إليَّ بدواة، وقرطاس، وقلم من نُحاس.

فلما أحضروا لها هذه الأدوات كتبت هذه الأبيات:

يا مدعي الحب والبلوى مع السهر وما تلاقيه من وجد ومن فكر
أتطلب الوصل يا مغرور من قمر وهل ينال المنى شخص من القمر؟
إني نصحتك عما أنت طالبه فأقصر فإنك في هذا على خطر
وإن رجعت إلى هذا الكلام فقد أتاك مني عذاب زائد الضرر
وحق من خلق الإنسان من علق ومن أنار ضياء الشمس والقمر

لئن عدت لما أنت ذاكره لأصلبنك في جذع من الشجر

ثم طوت الكتاب وأعطت العجوز إياه، وقالت لها:

- أعطيه له، وقولي له: كُف عن هذا الكلام.

فقالت لها:

- سمعًا وطاعةً.

ثم أخذت الكتاب وهي فرحانة، ومضت إلى بيتها، وباتت فيه، فلما أصبح الصباح توجهت إلى دكان تاج الملوك فوجدته في انتظارهما، فلما رآها كاد أن يطير من الفرح، فلما قربت منه نهض إليها قائمًا، وأقعدها بجانبه، فأخرجت له الورقة وناولته إياها، وقالت له:

- اقرأ ما فيها.

ثم قالت له:

- إن السيدة دنيا لما قرأت كتابك اغتاظت، ولكنني لاطفتها، ومازحتها حتى أضحكتها، ورقت لك، وردت لك الجواب.

شكرها تاج الملوك على ذلك، وأمر عزيزًا بأن يعطيها ألف دينار، ثم قرأ الكتاب، وفهمه، وبكى بكاءً شديدًا فرقَّ له قلب العجوز، وعظم عليها بكاؤه وشكواه، ثم قالت له:

- يا ولدي، وأي شيء في هذه الورقة حتى أبكاك؟

فقال لها:

- إنها تهددني بالقتل والصلب، وتنهاني عن مراسلتها، وإن لم أراسلها يكون موتي خيرًا من حياتي؛ فخذي جواب كتابها، ودعيها تفعل ما تريد.

فقالت له العجوز:

- وحياة شبابك لا بد أني أخاطر معك بروحي، وأبلغك مرادك، وأوصلك إلى ما في خاطرك.

فقال لها:

- كل ما تفعلينه أجازيك عليه، ويكون في ميزانك؛ فإنك خبيرة بالسياسة، وعارفة بأبواب الدناسة، وكل عسير عليك يسير، والله على كل شيء قدير.

ثم أخذ ورقة، وكتب فيها هذه الأبيات:

أمست تهددني بالقتل واحزني والقتل لي راحة والموت مقدور

والموت أغنى لصب أن تطول به حياته وهو ممنوع ومقهور

بالله زوروا محبًا قل ناصره فإنني عبد والعبد مأسور

يا سادتي فارحموني في محبتكم فكل من يعشق الأحرار معذور

ثم إنه تنفس الصُعداء، وبكى حتى بكت العجوز، وبعد ذلك أخذت الورقة منه، وقالت له:
- طب نفسًا وقر عينًا، فلا بد أن أبلغك مقصودك.
وقامت وتركته على النار، وتوجهت إلى السيدة دنيا فرأتها متغيرة اللون من غيظها بمكتوب تاج الملوك، فناولتها الكتاب فازدادت غيظًا، وقالت للعجوز:
- أما قلتُ لكِ إنه يطمع فينا؟
فقالت لها:
- وأي شيء من هذا الكتاب حتى يطمع فيك؟
فقالت لها السيدة دنيا:
- اذهبي إليه وقولي له: إن راسلتها بعد ذلك ضربت عنقك.
فقالت لها العجوز:
- اكتبي له هذا الكلام في مكتوب، وأنا آخذ المكتوب معي لأجل أن يزداد خوفًا.
فأخذت ورقة، وكتبت فيها هذه الأبيات:

أيا غافلًا عن حادثا الطوارق وليس إلى نيل الوصال بسابق
أتزعم يا مغرور أن تدرك السها وما أنت للبدر المنير بلاحق
فكيف ترجينا وتأمل وصلنا لتحظى بضم للقدود الرواشق
فدع عنك هذا القصد خيفة سطوتي بيوم عبوس فيه شيب المفارق

ثم طوت الكتاب وناولته للعجوز فأخذته، وانطلقت به إلى تاج الملوك؛ فلما رآها قام على قدميه وقال:
- لا أعدمني الله بركة قدومك.
فقالت له العجوز:
- خذ جواب مكتوبك.
فأخذ الورقة وقرأها وبكى بكاءً شديدًا، وقال:
- إني أشتهي من يقتلني الآن؛ فإن القتل أهون عليَّ من هذا الأمر الذي أنا فيه.
ثم أخذ دواة، وقلمًا، وقرطاسًا، وكتب مكتوبًا، وسطر هذين البيتين:

فيا منيتي لا تبتغي الهجر والجفا فإني محب في المحبة غارق
ولا تحسبيني في الحياة مع الجفا فروحي من بعد الأحبة طالق

ثم طوى الكتاب وأعطاه للعجوز، وقال له:
- قد أتعبتك بدون فائدة.
وأمر عزيزًا بأن يدفع لها ألف دينار، وقال لها:

ـ يا أمي، إن هذه الورقة لا بد أن يعقبها كمال الاتصال أو كمال الانفصال؛ فقالت له:

ـ يا ولدي، واللهِ ما أشتهي لك إلا الخير، ومُرادي أن تكون عندك؛ فإنك أنت القمر صاحب الأنوار الساطعة، وهي الشمس الطالعة، وإن لم أجمع بينكما فليس في حياتي فائدة، وأنا قد قطعت عمري في المكر والخداع حتى بلغت التسعين من الأعوام؛ فكيف أعجز عن الجمع بين اثنين في الحرام؟

ثم ودعته، وطيبت قلبه، وانصرفت ولم تزل تمشي حتى دخلت السيدة دنيا وقد أخفت الورقة في شعرها.

الباب العاشر

فلمَّا جلست عندها حكت رأسها، وقالت:
- يا سيدتي، عساكِ أن تفلي شوشتي، فإن لي زمانًا ما دخلت الحمام.
فكشفت السيدة دنيا عن مرفقيها، وحلت شعر العجوز، وأخذت تفلي شوشتها؛ فسقطت الورقة من رأسها، فرأتها السيدة دنيا فقالت:
- ما هذه الورقة؟
فقالت:
- كأني قعدت على دكان التاجر، فتعلقت معي هذه الورقة، هاتيها حتى أعطيها له.
ففتحتها السيدة دنيا وقرأتها، وفهمت ما فيها؛ فاغتاظت غيظًا شديدًا، وقالت:
- كل الذي جرى لي من تحت رأس هذه العجوز النحس.
فصاحت على الجواري والخدم وقالت:
- أمسكوا هذه العجوز الماكرة، واضربوها بنعالكم.
فنزلوا عليها ضربًا بالنعال حتى غُشي عليها. فلما أفاقت قالت لها:
- واللهِ يا عجوز السوء، لولا خوفي من الله تعالى لقتلتك.
ثم قالت لهم:
- أعيدوا الضرب.
فضربوها حتى غُشي عليها، ثم أمرتهم بأن يجروها، ويرموها خارج الباب، فسحبوها على وجهها، ورموها قدام الباب. فلما أفاقت قامت تمشي وتقعد حتى وصلت إلى بيتها، وصبرت إلى الصباح، ثم قامت وتمشَّت حتى أتت إلى تاج الملوك، وأخبرته بكل ما جرى لها؛ فصعب عليه ذلك، وقال لها:
- يعز عليَّ يا أمي ما جرى لكِ، ولكن كل شيء بقضاء وقدر.
فقالت له: طِب نفسًا وقر عينًا؛ فإني لا أزال أسعى حتى أجمع بينك وبينها، وأوصلك إلى هذه العاهرة التي أحرقتني بالضرب.
فقال لها تاج الملوك:
- أخبريني ما سبب بُغضها للرجال؟
فقالت:
- إنها رأت منامًا أوجب ذلك.
فقال لها:
- وما ذلك المنام؟

فقالت:
- إنها كانت نائمة ذات ليلة فرأت صيادًا نصب شرَكًا في الأرض، وبذر حوله قمحًا، ثم جلس قريبًا منه فلم يبقَ شيء من الطيور إلا وقد أتى إلى ذلك الشرَك، ورأت في الطيور حمامتين ذكرًا وأنثى. فبينما هي تنظر إلى الشرَك إذا برِجل الذكر تعلق في الشرَك، فأخذ يتخبط فنفرت عنه جميع الطيور، ومرت فرجعت إليه امرأته، وحامت عليه، ثم تقدمت إلى الشرَك والصياد غافل؛ فصارت تنقر العين التي فيها رِجل الذكر، وشرعت تجذبه بمنقارها حتى خلصت رِجله من الشرَك، وطارت الطيور هي وهو، فجاء بعد ذلك الصياد وأصلح الشرك، وقعد بعيدًا عنه، ولم يمضِ سوى ساعة حتى نزلت الطيور وعلق الشرك في الأنثى، فنفرت عنها جميع الطيور، ومن جملتها الطير الذكر، ولم يعد لأنثاه، فجاء الصياد، وأخذ الطير الأنثى، وذبحها، فانتبهت مرتعبة من منامها، وقالت: كل ذكر مثل هذا ما فيه خير، والرجال جميعهم ما عندهم خير للنساء.
فلما فرغت من حديثها لتاج الملوك، قال لها:
- يا أمي، أريد أن أنظر إليها نظرة واحدة، ولو كان ذلك مماتي، فتحيلي لي بحيلة حتى أنظرها.
فقالت له:
- اعلم أن لها بستانًا تحت قصرها، وهو برسم فرجتها، وإنها تخرج إليه في كل شهر مرة من باب السر، وتقعد فيه عشرة أيام، وقد جاء أوان خروجها إلى الفرجة؛ فإذا أرادت الخروج فسأجيء إليك أعلمك حتى تخرج وتصادفها، واحرص على أنك لا تفارق البستان؛ فلعلها إذا رأت حُسنك وجمالك يتعلق قلبها بمحبتك؛ فإن المحبة أعظم أسباب الاجتماع.
فقال:
- سمعًا وطاعةً.
ثم قام من الدكان هو وعزيز، وأخذا معهما العجوز ومضيا إلى منزلهما، وعرفاه لها، ثم إن تاج الملوك قال لعزيز:
- يا أخي، ليس لي حاجة بالدكان، وقد قضيت حاجتي منها، ووهبتها لك بكل ما فيها؛ لأنك تغربت معي، وفارقت بلادك.
فقبل عزيز منه ذلك، ثم جلسا يتحدثان، وأخذ تاج الملوك يسأله عن غريب أحواله، وما جرى له، وبعد ذلك أقبلا على الوزير، وأعلماه بما عزم عليه تاج الملوك، وقالا له:
- كيف العمل؟

فقال:
- قوما بنا إلى البستان.
ولبس كل منهم أفخر ما عنده، وخرجوا وخلفهم ثلاثة مماليك، وتوجهوا إلى البستان؛ فرأوه كثير الأشجار، غزير الأنهار، ورأوا الخُولِي جالسًا على الباب فسلموا عليه فرد عليهم السلام، فناوله الوزير مائة دينار وقال:
- أشتهي أن تأخذ هذه النفقة وتشتري لنا شيئًا نأكله، فإننا غرباء، ومعي هذان الولدان، وأردتُ أن أفرجهما؛
فأخذ البستاني الدنانير، وقال لهم:
- ادخلوا، وتفرجوا، وكله ملككم، واجلسوا حتى أجيء لكم بما تأكلون.
ثم توجه إلى السوق، ودخل الوزير، وتاج الملوك، وعزيز البستان، ثم بعد ساعة أتى ومعه خروف مشوي، ووضعه بين أيديهم؛ فأكلوا، وغسلوا أيديهم، وجلسوا يتحدثون، فقال الوزير:
- أخبرني عن هذا البستان؛ هل هو لك أم أنت مستأجره؟
فقال الشيخ:
- ما هو لي، وإنما لبنت الملك السيدة دنيا.
فقال الوزير:
- كم لك في كل شهر من الأجرة؟
فقال:
- دينار واحد لا غير.
فتأمل الوزير في البستان فرأى هناك قصرًا عاليًا إلا أنه عتيق، فقال:
- أريد أن أعمل خيرًا تذكرني به.
فقال:
- وما تريد أن تفعل من الخير؟
فقال:
- خذ هذه الثلثمائة دينار.
فلما سمع الخولي بذكر الذهب قال:
- يا سيدي، مهما شئت فافعل.
ثم أخذ الدنانير فقال له:
- إن شاء الله تعالى نفعل في هذا المحل خيرًا.
ثم خرجوا من عنده، وتوجهوا إلى بيتهم، وباتوا تلك الليلة. فلما كان الغد، أحضر الوزير مُبيضًا، ونقَّاشًا، وصانعًا جيدًا، وأحضر لهم كل ما يحتاجون

إليه من آلاتٍ، ودخل بهم البستان، وأمرهم ببياض ذلك القصر، وزخرفته بأنواع النقش، ثم أمر بإحضار الذهب واللازورد، وقال للنقاش:
- اعمل في صدر هذا الإيوان آدميًّا صيادًا كأنه نصب شرَكه، وقد وقعت فيه حمامة، واشتبكت بمنقارها في هذا الشرَك.
فلما نقش النقاش جانبًا وفرغ من نقشه قال له الوزير:
- افعل في الجانب الآخر مثل الأول، وصوَّر صورة حمامة في الشرَك، والصياد أخذها، ووضع السكين على رقبتها، واعمل في الجانب الآخر صورة جارح كبير قد قنص ذكر الحمام، وأنشب فيه مخالبه.
ففعل ذلك، فلما فرغ من هذه الأشياء التي ذكرها الوزير ودعوا البستاني، ثم توجهوا إلى بيتهم وجلسوا يتحدثون؛ هذا ما كان من أمر هؤلاء.
أمَّا ما كان من أمر العجوز؛ فإنها انقطعت في بيتها، واشتاقت بنت الملك إلى الفرجة في البستان، وهي لا تخرج إلا بالعجوز؛ فأرسلت إليها، وصالحتها، وطيبت خاطرها، وقالت:
- أريد أن أخرج إلى البستان؛ لأتفرج على أشجاره، وأثماره، وينشرح صدري بأزهاره.
فقالت لها العجوز:
- سمعًا وطاعةً.
ولكن، أريد أن أذهب إلى بيتي، وألبس أثوابي، وأجيء عندك،
فقالت:
- اذهبي إلى بيتك ولا تتأخري عني.
فخرجت العجوز من عندها، وتوجهت إلى تاج الملوك، وقالت له:
- تجهز، والبس أفخر ثيابك، واذهب إلى البستان.
فقال:
- سمعًا وطاعةً.
وجعلت بينها وبينه إشارة، ثم توجهت إلى السيدة دنيا، وبعد ذَهابها قام الوزير وعزيز وألبسا تاج الملوك بدلة من أفخر ملابس الملوك تساوي خمسة آلاف دينار، وشد في وسطه حياصة من الذهب مُرصعة بالجوهر، والمعادن، ثم توجه إلى البستان.
فلما وصل إلى باب البستان وجد الخُولي جالسًا هناك، فلما رآه البستاني هب على قدميه، وقابله بالتعظيم والإكرام، وفتح له الباب، وقال له:
- ادخل وتفرج في البستان.

والبستاني يعلم أن بنت الملك تدخل البستان في هذا اليوم، فلما دخل تاج الملوك لم يلبث إلا مقدار ساعة وسمع ضجة فلم يشعر إلا والخدم والجواري قد خرجوا من باب السر، فلما رآهم الخولي ذهب إلى تاج الملوك، وأعلمه بمجيئها، وقال له:

- يا مولاي، كيف يكون العمل، وقد أتت ابنة الملك السيدة دنيا؟

فقال:

- لا بأس عليكَ؛ فإني أختفي في مواضع البستان.

فأوصاه البستاني بغاية الاختفاء، ثم تركه وذهب، فلما دخلت بنت الملك هي وجواريها والعجوز البستان، قالت العجوز في نفسها:

- منذ متى كان الخدم معنا؟ فإننا لا ننال مقصودنا.

ثم قالت لابنة الملك:

- يا سيدتي، إني أقول لك عن شيء فيه راحة لقلبك.

فقالت السيدة دنيا:

- قولي ما عندك.

فقالت العجوز:

- إن هؤلاء الخدم لا حاجة لكِ بهم في هذا الوقت، ولا ينشرح صدرك ما داموا معنا فاصرفيهم عنا.

فقالت السيدة دنيا:

- صدقتِ.

ثم صرفتهم، وبعد قليل تمشت فصار تاج الملوك ينظر إليها، وإلى حُسنها وجمالها، وهي لا تشعر بذلك، وكلما نظر إليها يُغشى عليه مما يرى من بارع حُسنها، وأخذت العجوز تسارقها الحديث إلى أن أوصلتها إلى القصر الذي أمر الوزير بنقشه، ثم دخلت ذلك القصر وتفرجت على نقشه، وأبصرت الطيور، والصياد، والحمام؛ فقالت:

- سبحان الله! إن هذه صفة ما رأيته في المنام.

وشرعت تنظر إلى صور الطيور، والصياد، والشرَك، وتتعجب، ثم قالت:

- يا دادتي، كنت ألوم الرجال وأبغضهم، ولكن انظري للصياد كيف ذبح الطير الأنثى وتخلص الذكر، وأراد أن يجيء إلى الأنثى ويخلصها، فقابله الجارح، وافترسه.

وأخذت العجوز تتجاهل عليها، وتشاغلها بالحديث، إلى أن قربا من المكان المختفي فيه تاج الملوك؛ فأشارت إليه العجوز أن يتمشى تحت شبابيك القصر.

فبينما السيدة دنيا كذلك إذ لاحت منها التفاتة فرأته، وتأملت جماله، واعتداله، ثم قالت:

- يا دادتي، من أين هذا الشاب المليح؟

فقالت:

- لا أعلم به، غير أنني أظن أنه ولد ملك عظيم، فإنه بلغ من الحُسن النهاية، ومن الجمال الغاية.

فهامت به السيدة دنيا، وانحلَّت عُرَى عزائمها، وانبهر عقلها من حُسنه وجماله، وقده، واعتداله، وتحركت عليها الشهوة، فقالت للعجوز:

- يا دادتي، إن هذا الشاب مليح.

فقالت لها العجوز:

- صدقتِ يا سيدتي.

ثم إن العجوز أشارت إلى ابن الملك أن يذهب إلى بيته، وقد التهب به نار الغرام، وزاد به الوجد والهيام، فسار، وودع الخولي، وانصرف إلى بيته، ولم يخالف العجوز، وأخبر الوزير وعزيزًا بأن العجوز أشارت إليه بالانصراف؛ فأخذا يُصبرانِه ويقولان له:

- لولا أن العجوز تعلم في رجوعك مصلحة ما أشارت عليك به.

هذا ما كان من أمر تاج الملوك، والوزير، وعزيز.

أمَّا ما كان من أمر ابنة الملك السيدة دنيا فإنها غلب عليها الغرام، وزاد بها الوجد والهيام، وقالت للعجوز:

- ما أعرف اجتماعي بهذا الشاب إلا منك.

فقالت لها العجوز:

- أعوذ بالله من الشيطان الرجيم، أنتِ لا تريدين الرجال، وكيف حلت بك من عشقه الأوجال، ولكن واللهِ ما يصلح لشبابك إلا هو.

فقالت لها السيدة دنيا:

- يا دادتي، أسعفيني عليه، ولك عندي ألف دينار، وخلعة بألف دينار، وإن لم تسعفيني بوصاله فإني ميتة لا محالة.

فقالت العجوز:

- امضي أنتِ إلى قصرك، وأنا أتسبب في اجتماعكما، وأبذل روحي في مرضاتكما.

ثم إن السيدة دنيا توجهت إلى قصرها، وتوجهت العجوز إلى تاج الملوك؛ فلما رآها هب واقفًا، وقابلها بإعزاز وإكرام، وأجلسها بجواره، فقالت له:

- إن الحيلة قد تمت.

وحكت له ما جرى لها مع السيدة دنيا؛ فقال لها:
- متى يكون الاجتماع؟
قالت:
- في غدٍ.
فأعطاها ألف دينار، وحُلة بألف دينار فأخذتهما وانصرفت، ولا تزال سائرةً حتى دخلت على السيدة دنيا، فقالت لها:
- يا دادتي، ما عندك من خبر الحبيب شيء؟
فقالت لها:
- قد عرفت مكانه، وفي غدٍ أكون به عندك.
ففرحت السيدة دنيا بذلك، وأعطتها ألف دينار، وحُلة بألف دينار، فأخذتهما وانصرفت إلى بيتها، وباتت فيه إلى الصباح، ثم خرجت وتوجهت إلى تاج الملوك، وألبسته لبس النساء، وقالت له:
- امشِ خلفي، وتمايل في خطواتك، ولا تستعجل في مشيك، ولا تلتفت إلى من يُكلمك.
وبعد أن أوصته بهذه الوصية خرجت وخرج خلفها، وهو في زي النسوان، وأخذت تعلمه في الطريق حتى لا يفزع، ولم تزل ماشية وهو خلفها حتى وصلا إلى باب القصر، فدخلت وهو وراءها، وصارت تخترق الأبواب والدهاليز إلى أن جاوزت به سبعة أبواب، ولما وصلت إلى الباب السابع قالت له:
- قوِّ قلبك، وإذا زعقت عليك وقلت لك: يا جارية اعبري؛ فلا تتوانَ في مشيك، وهرول، فإذا دخلت الدهليز فانظر إلى شِمالك وسترى إيوانًا فيه خمسة أبواب، ادخل الباب السادس فإن مُرادك فيه.
فقال تاج الملوك:
- وأين تذهبين أنتِ؟
فقالت له:
- ما أذهب لأي موضع، غير أني ربما أتأخر عنك، وأتحدث مع الخادم الكبير.
ثم مشت وهو خلفها حتى وصلت إلى الباب الذي فيه الخادم الكبير، فرأى معها تاج الملوك في صورة جارية، فقال لها:
- ما شأن هذه الجارية التي معك؟
فقالت له:
- هذه جارية سمعت أن السيدة دنيا تعرف الأشغال، وتريد أن تشتريها.

فقال لها الخادم:
- أنا لا أعرف جارية ولا غيرها، ولا يدخل أحد حتى أفتشه كما أمرني الملك.
فقالت له العجوز وقد أظهرت الغضب:
- أعرف أنك عاقل ومؤدب؛ فإذا كان حالك قد تغير فإني أعلمها بذلك، وأخبرها بأنك تعرضت لجاريتها.
ثم زعقت على تاج الملوك وقالت له:
- اعبري يا جارية.
وعند ذلك عبر إلى داخل الدهليز كما أمرته، وسكت الخادم ولم يتكلم، ثم إن تاج الملوك عد خمسة أبواب، ودخل الباب السادس فوجد السيدة دنيا واقفة في انتظاره، فلما رأته عرفته فضمته إلى صدرها وضمها إلى صدره، ثم دخلت العجوز عليهما، وتحيلت على صرف الجواري، ثم قالت السيدة دنيا للعجوز:
- كوني أنت البوابة.
ثم اختلت هي وتاج الملوك، وظلا متعانقيْن إلى وقت السَّحَر. ولما أصبح الصباح أغلقت عليهما الباب، ودخلت مقصورة أخرى، وجلست على غير عادتها، وأتت إليها الجواري فقضت حوائجهن، وأخذت تحدثهن، ثم قالت لهن:
- اخرجن الآن من عندي؛ فإني أريد أن أنشرح وحدي.
فخرجت الجواري من عندها، ثم أتت إليهما، ومعها شيء من الأكل؛ فأكلا وأخذا في الهراش إلى وقت السحر فأغلقت عليهما مثل اليوم الأول، ولم يزالا على ذلك مدة شهر كامل؛ هذا ما كان من أمر تاج الملوك والسيدة دنيا.
أما ما كان من أمر الوزير وعزيز؛ فإنهما لمَّا توجه تاج الملوك إلى قصر بنت الملك ومكث تلك المدة عَلِما بأنه لا يخرج منه أبدًا، وأنه هالك لا محالة؛ فقال عزيز:
- يا والدي، ماذا نفعل؟
فقال الوزير:
- يا ولدي، إن هذا الأمر مُشكِل، وإن لم نرجع إلى أبيه ونُعلمه فسيلومنا على ذلك.
ثم تجهزا في الوقت والساعة، وتوجها إلى الأرض الخضراء والعمودين، وتخت الملك سليمان، وسارا يقطعان الأودية في الليلة والنهار إلى أن دخلا على الملك سليمان، وأخبراه بما جرى لولده، وأنه من حين دخل قصر بنت

الملك لم يعلما له خبرًا، وعند ذلك قامت عليه القيامة، واشتدت به الندامة، وأمر بأن يُنادَى في مملكته بالجهاد، ثم أبرز العساكر إلى خارج مدينته، ونصب لهم الخيام، وجلس في سُرادقه حتى اجتمعت الجيوش من سائر الأقطار، وكانت رَعيته تحبه لشدة عدله وإحسانه، ثم سار في عسكر سد الأفق متوجهًا في طلب ولده تاج الملوك؛ هذا ما كان من أمر هؤلاء.
أما ما كان من أمر تاج الملوك والسيدة دنيا؛ فإنهما أقاما على حالهما نصف سنة، وهما كل يوم يزدادانِ محبةً في بعضهما، وزاد على تاج الملوك العشق، والهيام، والوَجد، والغرام حتى أفصح لها عن الضمير، وقال لها:
- اعلمي يا حبيبة القلب والفؤاد أني كلما أقمت عندك ازددتُ هيامًا ووَجدًا وغرامًا؛ لأني ما بلغت المرام بالكلية.
فقالت له:
- وما تريد يا نور عيني، وثمرة فؤادي؟ إن شئت غير الضم والعناق والتفاف الساق على الساق فافعل الذي يرضيك.
فقال:
- ليس مرادي هكذا، وإنما مرادي أن أخبرك بحقيقتي، فاعلمي إني لستُ بتاجر، بل أنا ملك ابن ملك، واسم أبي الأعظم سليمان شاه الذي أنفذ الوزير رسولًا إلى أبيك ليخطبك لي، فلما بلغك الخبر ما رضيت.
ثم إنه قص عليها قصته من الأول إلى الآخر، وليس في الإعادة إفادة، وقال:
- وأريد الآن أن أتوجه إلى أبي ليرسل رسولًا إلى أبيك، ويخطبك منه، ونستريح.
فلما سمعت ذلك الكلام فرحت فرحًا شديدًا؛ لأنه وافق غرضها، ثم على هذا الاتفاق، واتفق في الأمر المقدور أن النوم غلب عليهما في تلك الليلة من دون الليالي، واستمرا إلى أن طلعت الشمس، وفي ذلك الوقت كان الملك شهرمان جالسًا في دست مملكته، وبين يديه أمراء دولته، إذ دخل عليه عريف الصياغ وبيده صق كبير، وفتحه بين يديه، وأخرج منه عُلبة لطيفة تساوي مائة ألف دينار؛ لما فيها من الجوهر واليواقيت والزمرد، والتفت إلى الخادم الكبير الذي جرى له مع العجوز ما جرى، وقال له:
- يا كافور، خذ هذه العلبة، وامضِ بها إلى السيدة دنيا.
فأخذها الخادم ومضى حتى وصل إلى مقصورة بنت الملك فوجد بابها مغلقًا، والعجوز نائمة على عتبته، فقال الخادم:
- إلى هذه الساعة وأنتم نائمون؟
فلما سمعت العجوز كلام الخادم انتبهت من منامها، وخافت منه، وقالت له:

- اصبر حتى آتيك بالمفتاح.
ثم خرجت على وجهها هاربة؛ هذا ما كان من أمرها.
أما ما كان من أمر الخادم؛ فإنه عرف أنها مرتابة، فخلع الثياب، ودخل المقصورة فوجد السيدة دنيا معانقة تاج الملوك وهما نائمان، فلما رأى ذلك تحير في أمره، وهمَّ أن يعود إلى الملك، فانتبهت السيدة دنيا فوجدته فتغيرت واصفر لونها، وقالت له:
- يا كافور، استر ما ستر الله.
فقال:
- أنا ما أقدر أن أخفي شيئًا عن الملك.
ثم أقفل الباب عليهما، ورجع إلى الملك فقال له:
- هل أعطيت العُلبة لسيدتك؟
فقال الخادم:
- خذ العلبة ها هي، وأنا لا أقدر أن أخفي شيئًا، اعلم أني رأيت عند السيدة دنيا شابًّا جميلًا نائمًا معها في فراش واحد، وهما متعانقان.
فأمر الملك بإحضارهما؛ فلما حضرا بين يديه قال لهما:
- ما هذه الفِعال؟
واشتد به الغيظ، فأخذ نمشة وهمَّ أن يضرب بها تاج الملوك، وقال له:
- ويلك! من أنت؟ ومن أين أنت؟ ومن أبوك؟ وما جسرك على ابنتي؟
فقال تاج الملوك:
- اعلم أيها الملك إن قتلتني هلكت وندمت أنت ومن معك في مملكتك.
فقال له الملك:
- ولمَ ذلك؟
فقال:
- اعلم أني ابن الملك سليمان شاه، وما تدري إلا وقد أقبل عليك بخَيْله ورِجاله.
فلما سمع الملك شهرمان ذلك الكلام أراد أن يؤخر قتله ويضعه في السجن؛ حتى ينظر صحة قوله.. فقال له وزيره:
- يا ملك الزمان، الرأي عندي أن تعجل بقتله؛ فإنه تجاسر على بنات الملوك.
فقال للسياف:
- اضرب عنقه فإنه خائن.
فأخذه السياف وشد وثاقه، ورفع يده، وشاور الأمراء أولًا وثانيًا، وقصد بذلك أن يكون في الأمر توانٍ؛ فزعق عليه الملك وقال:

- منذ متى تشاور؟ إن شاورت مرة أخرى ضربت عنقك.

فرفع السياف يده حتى بان شعر إبطه وأراد أن يضرب عنقه؛ فإذا بزعقات عالية، والناس أغلقوا الدكاكين.. فقال للسياف:

- لا تعجل.

ثم أرسل من يستكشف الخبر؛ فمضى الرسول، ثم عاد إليه، وقال له:

- رأيت عسكرًا كالبحر العجاج المتلاطم بالأمواج، وخيلهم في ركض، وقد ارتجت لهم الأرض، وما أدري خبرهم.

فاندهش الملك، وخاف على مُلكه أن ينزع منه، ثم التفت إلى وزيره وقال له:

- أما خرج أحد من عسكرنا إلى هذا العسكر؟

فما أتم كلامه إلا وحُجابه قد دخلوا عليه، ومعهم رسل الملك القادم، ومن جملتهم الوزير؛ فابتدأه بالسلام؛ فنهض لهم قائمًا، وقربهم، وسألهم عن شأن قدومهم، فنهض الوزير من بينهم وتقدم إليه، وقال له:

- اعلم أن الذي نزل بأرضك ليس كالملوك المتقدمين، ولا مثل السلاطين السالفين.

فقال له الملك:

- ومن هو؟

قال الوزير:

- هو صاحب العدل والأمان الذي سارت بعلو همته الركبان؛ السلطان سليمان شاه، صاحب الأرض الخضراء والعمودين، وجبال أصفهان، وهو يحب العدل والإنصاف، ويكره الجور والاعتساف، ويقول لك: إن ابنه عندك، وفي مدينتك، وهو حشاشة قلبه، وثمرة فؤاده، فإن وجده سالمًا فهو المقصود وأنت المشكور المحمود، وإن كان فقد من بلادك أو أصابه شيء فأبشر بالدمار وخراب الديار؛ لأنه يصير بلدك قفرًا ينعق فيها البوم والغربان، وها أنا قد بلغتك الرسالة، والسلام.

الباب الحادي عشر والأخير

فلما سمع الملك شهرمان هذا الكلام من الرسول انزعج فؤاده، وخاف على مملكته، وزعق على أرباب دولته، ووزرائه، وحُجابه، ونوابه؛ فلما حضروا قال لهم:

- ويلكم! انزلوا وفتشوا عن ذلك الغلام.

وكان تحت يد السياف، وقد تغير من كثرة ما حصل من الفزع، ثم إن الرسول لاحت منه التفاتة فوجد ابن ملكه على نطع الدم، فعرفه، وقام، ورمى روحه عليه، وكذلك بقية الرسل، ثم تقدموا، وحلوا وثاقه، وقبلوا يديه ورجليه؛ ففتح تاج الملوك عينيه فعرف وزير والده، وعرف صاحبه عزيزًا فوقع مَغشيًّا عليه من شدة فرحته بهما.

ثم إن الملك شهرمان صار حائرًا في أمره، وخاف خوفًا شديدًا لتحقق مجيء هذا العسكر بسبب هذا الغلام، فقام، وتمشى إلى تاج الملوك، وقبل رأسه، ودمعت عيناه، وقال له:

- يا ولدي، لا تؤاخذني، ولا تؤاخذ المسيء بفعله، فارحم شيبتي، ولا تخرب مملكتي.

فدنا منه تاج الملوك وقبل يده، وقال له:

- لا بأس عليك، وأنت عندي بمنزلة والدي، ولكن الحذر أن يصيب محبوبتي السيدة دنيا شيء.

فقال الملك شهرمان:

- لا تخَفْ عليها، فما يحصل لها إلا السرور.

وأخذ الملك يعتذر إليه، ويطيب خاطر وزير الملك سليمان شاه، ووعده بالمال الجزيل على أن يُخفي عن الملك ما رآه، ثم بعد ذلك أمر كُبراء دولته بأن يأخذوا تاج الملوك ويذهبوا به إلى الحمام، ويُلبسوه بدلة من خيار الملابس، ويأتوا بسرعة ففعلوا ذلك، وأدخلوه الحمام، وألبسوه البدلة التي أفردها له الملك شهرمان، ثم أتوا به إلى المجلس.

فلما دخل على الملك شهرمان وقف له هو وجميع أرباب دولته، وقام الكل في خدمته.. ثم إن تاج الملوك جلس يُحدِّث وزير والده وعزيزًا بما وقع له؛ فقال له الوزير وعزيز:

- ونحن في تلك المدة مضينا إلى والدك فأخبرناه بأنك دخلت سراية بنت الملك ولم تخرج، والتبس علينا أمرك، فحين سمع بذلك جهز العساكر، ثم قدمنا إلى هذه الديار، وكان في قدومنا الفرح والسرور.
فقال لهما:
- ما زال الخير يجري على أيديكما أولًا وآخرًا.
وكان الملك في ذلك الوقت قد دخل على ابنته السيدة دنيا فوجدها تبكي على تاج الملوك، وقد أخذت سيفًا، وركزت قبضته إلى الأرض، وجعلت ذبابته على رأس قلبها، وانحنت على السيف، وشرعت تقول:
- لا بد أن أقتل نفسي، ولا أعيش بعد حبيبي.
فلما دخل عليها أبوها ورآها على هذه الحالة صاح عليها، وقال لها:
- يا سيدة بنات الملوك، لا تفعلي، وارحمي أباكِ وأهل بلدتك.
ثم تقدم إليها وقال لها:
- أحاشيك أن يصيب والدك بسببك سوء.
ثم أعلمها بالقصة، وأن محبوبها ابن الملك سليمان شاه يريد زواجها، وقال لها:
- إن أمر الخطبة والزواج مفوَّض إلى رأيك.
فتبسمت وقالت له:
- أما قلت لك إنه ابن سلطان، فأنا أخليه يصلبك على خشبة لا تساوي درهمين.
فقال لها:
- باللهِ عليكِ أن ترحمي أباك.
فقالت له:
- اذهب إليه وآتني به.
فقال لها:
- على الرأس والعين..
ثم رجع من عندها سريعًا، ودخل على تاج الملوك وشاوره في هذا الكلام، ثم قام معه، وتوجها إليها، فلما رأت تاج الملوك عانقته قدام أبيها، وتعلقت به، وقالت له:
- أوحشتني.
ثم التفتت إلى أبيها وقالت:
- هل أحد يفرط في مثل هذا الشاب المليح وهو ملك ابن ملك؟

فعند ذلك خرج الملك شهرمان ورد الباب عليهما، ومضى إلى وزير أبي تاج الملوك ورُسله، وأمرهم بأن يعلموا السلطان سليمان بأن ولده بخير وعافية، وهو في ألذ عيش، ثم إن السلطان شهرمان أمر بإخراج الضيافات والعلوفات إلى عساكر السلطان سليمان شاه والد تاج الملوك؛ فلما أخرجوا كل ما أمر به، أخرج مائة من الخيل، ومائة هجين، ومائة مملوك، ومائة عبد، ومائة جارية، وأرسلهم جميعًا إليه هدية، ثم بعد ذلك توجه إليه هو وأرباب دولته وخواصه حتى أصبحوا في ظاهر المدينة.

فلما علم السلطان سليمان شاه بذلك تمشَّى خطوات إلى لقائه، وكان الوزير وعزيز قد أعلماه؛ ففرح وقال :

- الحمد لله الذي بلغ ولدي مُناه.

ثم عانق الملك سليمان شاه الملك شهرمان، وأجلسه بجانبه على السرير، وشرع يتحدث معه، ثم قدموا لهم الطعام فأكلوا حتى اكتفوا، ثم قدموا لهم الحلويات، ولم يمضِ سوى قليلٍ حتى جاء تاج الملوك وقدم عليه بلباسه وزينته؛ فلما رآه والده قام له وقبَّله، وقام له كل من حضر، وجلس بين أيديهم ساعة يتحدثون.

فقال الملك سليمان شاه:

- إني أريد أن أكتب كتاب ولدي على ابنتك على رؤوس الأشهاد.

فقال له:

- سمعًا وطاعةً.

ثم أرسل الملك شهرمان إلى القاضي والشهود فحضروا، وكتبوا الكتاب، وفرح العساكر بذلك، وشرع الملك شهرمان في تجهيز ابنته.. ثم قال تاج الملوك لوالده إن عزيزًا رجل من الكرام، وقد خدمني خدمة عظيمة، وتعب، وسافر معي، وأوصلني إلى بُغيتي، ولم يزل يصبر لي حتى قضيت حاجتي، ومضى معنا سنتان وهو مشتت من بلاده، والمقصد أننا نهيئ له تجارة لأن بلاده قريبة؛ فقال له والده:

- نعم الرأي ما رأيت.

ثم هيأوا له مائة حمل من أغلى القماش، وأقبل عليه تاج الملوك، وودعه، وقال له:

- اقبل هذه على سبيل الهدية.

فقبلها منه، وقبل الأرض قدامه وقدام والده الملك سليمان، ثم ركب تاج الملوك وسافر مع عزيز قدر ثلاثة أميال، وبعدها أقسم عليه عزيز أن يرجع، وقال:

- واللهِ لولا والدتي ما صبرت على فراقك، فباللهِ عليك لا تقطع أخبارك عني.

ثم ودعه، ومضى إلى مدينته، فوجد والدته قد بنت له في وسط الدار قبرًا وصارت تزوره، ولمَّا دخل الدار وجدها قد حلت شعرها، ونشرته على القبر وهي تفيض دمع العين، وتنشد هذين البيتين:

بالله يا قبر هل زالت محاسنه أو قد تغير ذات المنظر النضر

يا قبر ما أنت بستان ولا فلك فكيف يجمع فيك البدر والزهر؟

ثم صعدت الزفرات وأنشدت هذه الأبيات:

ما لي مررت على القبور مسلما قبر الحبيب فلم يرد جوابي

قال الحبيب وكيف رد جوابكم وأنا رهين جنادل وتراب؟

أكل التراب محاسني فنسيتكم وحجبت عن أهلي وعن أحبابي

فما أن أتمت شعرها حتى دخل عزيز عليها؛ فلمَّا رأته قامت إليه، وعانقته، وسألته عن سبب غيابه، فحدثها بما وقع له من أوله إلى آخره، وأن تاج الملوك أعطاه من المال والأقمشة مائة حمل؛ ففرحت بذلك، وأقام عزيز عندها حائرًا فيما وقع له من الدليلة المحتالة؛ هذا ما كان من أمر عزيز.

أما ما كان من أمر تاج الملوك فإنه دخل بمحبوبته السيدة دنيا، ثم شرع الملك شهرمان في تجهيز ابنته للسفر مع زوجها وأبيه؛ فأحضر لهم الزاد، والهدايا، والتحف، ثم حملوا وسار معهم الملك شهرمان ثلاثة أيام لأجل الوداع فأقسم عليه الملك سليمان بالرجوع فرجع، وما زال تاج الملوك ووالده وزوجته سائرين في الليل والنهار حتى أشرفوا على بلادهم، وزُينت لهم المدينة.

فلما وصل الملك سليمان شاه إلى بلده جلس على سرير مملكته، وابنه تاج الملوك بجانبه، ثم أطلق من كان في الحبوس، ثم عمل لولده عُرسًا ثانيًا، واستمرت به المغاني والملاهي شهرًا كاملًا، وازدحمت المواشط على السيدة دنيا، وهي لا تمل من الجلاء، ولا يمللن من النظر إليها، ثم دخل تاج الملوك على زوجته بعد أن اجتمع مع أبيه وأمه، وما زالوا في ألذ العيش وأهنأه.